Éthique
à l'usage
de mon fils

Du même auteur

Politique à l'usage de mon fils
Seuil, 1995

Pour l'éducation
Payot, 1998
« Rivages poches » n° 314, 2000

Dictionnaire philosophique personnel
Grasset, 1999

Penser sa vie
Seuil, 2000
et « Points Essais », n° 614, 2009

Sur l'art de vivre
Calmann-Lévy, 2005

Choisir, la liberté
Calmann-Lévy, 2005

Les Dix Commandements au XXIe siècle
Grasset, 2006

La Vie éternelle
Éloge des incrédules
Seuil, 2009

Tauroética
Pour une éthique de la corrida
L'Herne, 2012

Fernando Savater

Éthique
à l'usage
de mon fils

TRADUIT DE L'ESPAGNOL
PAR CLAUDE BLETON

Éditions Points

Titre original : *Ética para Amador*
Éditeur original : Editorial Ariel, S. A., Barcelona
ISBN original : 84-344-1099-0
© original : 1991 et 1993, Editorial Ariel, S. A., Barcelona

ISBN 978-2-7578-3893-8
(ISBN 2-02-020597-1, 1re publication)

© Éditions du Seuil, 1994, pour la traduction française
© Éditions Points, 2013, pour la présente édition

Le code de la propriété intellectuelle interdit les copies ou reproductions destinées à une utilisation collective. Toute représentation ou reproduction intégrale ou partielle faite par quelque procédé que ce soit, sans le consentement de l'auteur ou de ses ayants cause, est illicite et constitue une contrefaçon sanctionnée par les articles L. 335-2 et suivants du Code de la propriété intellectuelle.

*A Sara,
pour sa tendre impatience
envers Amador et envers moi.*

« Écoute-moi, mon fils, dit le démon
en plaçant sa main sur ma tête… »

EDGAR ALLAN POE, *Silence.*

Avertissement antipédagogique

Ce livre *n'est pas* un manuel d'éthique destiné aux candidats bacheliers. Il ne parle ni des auteurs importants ni des grands courants historiques de la théorie morale. Et je n'ai pas cherché à mettre l'impératif catégorique à la portée de tous les publics...

Ce n'est pas non plus un catalogue de réponses moralisatrices aux problèmes que nous rencontrons tous les jours dans le journal ou dans la rue, de l'avortement à l'objection de conscience en passant par les préservatifs. L'éthique n'a jamais permis de trancher un débat, même si son rôle est de les ouvrir tous...

Faut-il aborder l'éthique pendant les études secondaires ? Bien entendu, je désapprouve qu'elle ait donné son nom en Espagne à l'option suivie par ceux qui ne veulent pas de l'instruction religieuse. Pauvre éthique, elle n'est pas venue sur terre pour renforcer ou remplacer le catéchisme... Du moins ne devrait-elle plus jouer ce rôle en cette fin de XXe siècle. Mais il faudrait peut-être que je commence par rappeler quelques idées générales sur le sens de la liberté, et que je dépasse ainsi le simple énoncé des principes déontologiques inhérents aux autres disciplines. La réflexion morale n'est pas seulement un domaine spécialisé supplémentaire offert aux étudiants désirant entreprendre des études supérieures de philosophie, c'est aussi une part *essentielle* de toute éducation digne de ce nom.

Ce livre ne prétend pas être autre chose qu'un livre ; personnel et subjectif, comme les rapports existant entre un père et son fils ; et par là même universel, comme la relation père-fils, la plus ordinaire. Il a été pensé et écrit pour être lu par des adolescents : il n'apprendra sans doute pas grand-chose à leurs maîtres. Son objectif n'est pas de fabriquer des esprits bien-pensants (et encore moins mal tournés), mais de stimuler une *pensée libre*.

Madrid, 26 janvier 1991.

Prologue

Parfois, fiston, je voudrais te raconter des tas de choses. Je me retiens, rassure-toi, car je t'impose déjà assez de corvées comme père pour ne pas t'en imposer en plus comme philosophe. Je reconnais que la patience des enfants aussi a des limites. Et puis je ne veux pas me retrouver dans la situation de cet ami qui un jour regardait tranquillement la mer avec son gamin de cinq ans. Le moutard lui dit alors d'un ton rêveur : « Papa, j'aimerais aller faire un tour en barque avec maman et toi. » Mon sentimental ami sentit sa pomme d'Adam monter et descendre, juste au-dessus du nœud de cravate : « Bien sûr, mon fils, quand tu voudras ! – Et lorsque nous serons en pleine mer, poursuivit la tendre créature toujours aussi rêveuse, je vous jetterai tous les deux par-dessus bord pour vous noyer. » Du cœur brisé du père monta un gémissement de douleur : « Mais, mon fils... ! – Voyons, papa, tu sais bien que les parents n'arrêtent pas de nous casser les pieds ! » Fin de la première leçon.

Si même un enfant de cinq ans s'en rend compte, ce n'est pas à un galapiat de quinze ans comme toi que je vais l'apprendre. Je n'ai donc pas l'intention de te donner des raisons supplémentaires de commettre un parricide en dehors de celles qui existent déjà dans toutes les familles ordinaires. Par ailleurs, je n'ai jamais vu d'un bon œil les parents qui prétendent être « le meilleur ami de leurs enfants ». Les enfants doivent avoir des amis de leur âge, et des amies, naturellement. Avec parents, professeurs et autres adultes, ils peuvent avoir dans le meilleur des cas un comportement à peu près normal, ce qui n'est déjà pas si mal. Mais un comportement à peu près normal avec un adulte implique parfois l'envie irrésistible de le noyer. Sinon, il y a du louche. Si j'avais quinze ans, ce qui ne risque plus de m'arriver, je me méfierais de tous les adultes trop « sympas », de tous ceux qui feraient semblant d'être plus jeunes que moi et me donneraient systématiquement raison. Tu vois le genre, ces types qui ne cessent de dire : « Les jeunes sont vachement bien », « je me sens aussi jeune que vous », et autres inepties de ce genre. Méfiance ! Ces salamalecs cachent toujours quelque chose. Un père ou un prof normaux doivent toujours être un peu pénibles, sinon à quoi serviraient-ils ? La jeunesse, c'est ton rayon.

L'idée m'est donc venue de t'écrire des trucs que je n'ai jamais osé te raconter. Un père en plein délire philosophique, il faut l'écouter de toutes ses oreilles, prendre un air intéressé et attendre le moment libérateur où on pourra courir allumer la télé. Alors qu'un livre, on peut le lire quand on veut, à ses moments perdus et sans être obligé de rester poli : on peut bâiller ou rigoler tant qu'on veut en tournant les pages, on est libre. Et comme je veux surtout te parler de la liberté, autant le faire par écrit que de t'imposer un sermon. En revanche, tu devras m'accorder un peu d'*attention* (environ la moitié de celle que tu consacres à apprendre un nouveau jeu à l'ordinateur) et avoir un peu de *patience*, surtout dans les premiers chapitres. D'accord, cela ne facilite pas les choses, mais je n'ai pas voulu t'épargner l'effort de penser *pas à pas* ni te traiter comme si tu étais un idiot. J'ai la faiblesse de croire, et peut-être es-tu de mon avis, qu'en prenant les gens pour des idiots, s'ils ne le sont pas encore, ils finissent par le devenir...

De quoi vais-je te parler ? De ma vie et de la tienne, tout simplement. Ou, si tu préfères, de ce que je fais et de ce que tu as commencé de faire. Pour le premier point, ce que je fais, je voudrais enfin répondre à une question que tu m'avais posée à brûle-pourpoint il y a des années – tu as dû l'oublier – et à laquelle je n'avais pas répondu. Tu devais avoir six ans et nous passions l'été à la campagne. Cet après-midi-là, comme d'habitude, j'étais dans ma chambre et je tapais sans enthousiasme sur mon Olivetti portative, devant la photo d'une grande queue de baleine émergeant de l'eau bleue. Je vous entendais jouer dans la piscine, toi et tes cousins, ou vous voyais courir dans le jardin. Et je ruisselais de sueur et de bonheur, si je peux me permettre l'expression. Soudain, tu t'es approché de la fenêtre ouverte et tu m'as lancé : « Salut. Qu'est-ce que tu *machines*? » J'ai répondu par une ânerie, parce que ce n'était pas le moment de t'expliquer que je voulais écrire un traité d'*éthique*. D'ailleurs, tu te moquais éperdument de l'éthique, et tu n'avais pas l'intention de m'accorder plus de trois minutes. Peut-être voulais-tu seulement me rappeler que tu étais là : comme si j'étais capable de l'oublier une seconde, à l'époque comme aujourd'hui ! Mais les autres t'ont appelé, et tu es reparti en courant. J'ai continué de *machiner* comme une bête, et c'est maintenant, presque dix ans plus tard, que je me décide enfin à te parler de cette étrange chose, l'éthique, qui n'a cessé de m'occuper depuis ce temps-là.

Deux ou trois ans plus tard, toujours à la campagne, dans notre mini-paradis, tu m'as raconté un rêve que tu venais de faire. Tu t'en souviens ? Tu étais dans un champ très sombre, comme s'il faisait nuit, et il y avait un vent terrible. Tu t'accrochais aux arbres, aux pierres, mais l'ouragan t'entraînait irrémédiablement, comme la fille du *Magicien d'Oz*. Tu étais déjà dans les tourbillons, projeté vers l'inconnu, quand tu as entendu ma voix (« Je ne te voyais pas, mais je savais que c'était toi », m'as-tu précisé) qui disait : « Confiance ! Aie confiance ! » Tu ne peux pas savoir le cadeau que tu m'as fait en me racontant cet étrange cauchemar : même si je vivais mille ans, je ne pourrais jamais te remercier assez de ma fierté d'avoir découvert ce jour-là que ma voix pouvait te redonner courage. Et les pages suivantes ne sont rien d'autre que des variations sur cet unique conseil : aie confiance. Pas en moi, bien sûr, ni en aucun sage, si authentique soit-il. Méfie-toi des maires, curés ou policiers ; des dieux et des diables, des machines et des drapeaux. Aie confiance *en toi*. En l'intelligence qui te rendra meilleur et en l'instinct de ton amour qui t'épanouira et te permettra d'être toujours en bonne compagnie. Tu vois, ce n'est pas un roman à suspense où il faut attendre la dernière page pour découvrir l'identité du criminel. Je suis si pressé que je te révèle la dernière leçon dans le prologue.

Tu crois peut-être que j'essaie de te bourrer le crâne et, en un sens, tu n'as pas tort. Tu sais, beaucoup de peuplades anthropophages ouvrent – ou ouvraient – le crâne de leurs ennemis pour manger leur cervelle, espérant ainsi s'approprier leur savoir, leurs mythes et leur courage. Dans ce livre, je te donne un peu de ma propre cervelle à manger, et j'en profite aussi pour croquer la tienne. Avec la mienne, tu n'auras pas grand-chose à te mettre sous la dent : tout juste quelques bouchées de l'expérience d'un homme qui n'a pas tout appris dans les livres. Mais moi, je compte dévorer à belles dents une bonne part du trésor que tu possèdes à profusion : ta jeunesse intacte. Bon appétit à tous les deux.

1

L'éthique, un drôle de truc !

On étudie certaines sciences pour le plaisir, d'autres pour acquérir une technique dans le dessein de fabriquer ou d'utiliser un outil précis, mais la plupart servent à trouver un emploi et à gagner sa vie. Une nature pas trop curieuse peut s'en passer facilement. Beaucoup de connaissances sont passionnantes, mais on peut très bien vivre sans : moi, par exemple, je regrette d'être nul en astrophysique et en ébénisterie, sources de bien des satisfactions pour ceux qui les exercent, mais cette ignorance ne m'a jamais empêché de me débrouiller. Quant à toi, si je ne me trompe, tu connais les règles du football, mais tu n'entends rien au base-ball. Quelle importance : tu adores regarder le Mundial et tu te moques éperdument de la ligue américaine, chacun son truc !

Autrement dit, il y a certaines choses qu'on peut apprendre ou non, au choix. Comme personne ne peut tout savoir, nous sommes bien obligés de choisir et d'accepter humblement notre ignorance. On peut vivre sans avoir de notions d'astrophysique, ni d'ébénisterie, ni de football, sans même savoir lire ni écrire : on vit peut-être moins bien, mais on vit. Pourtant, il faut savoir certaines choses, car *il y va de notre vie*, comme on dit. Il faut savoir, par exemple, qu'il n'est pas bon pour la santé de sauter du balcon d'un sixième étage, ou qu'on ne fait pas de vieux os en suivant un régime à base de clous (n'en déplaise aux fakirs !) et de cyanure. De même, il vaut mieux savoir que, si on colle un marron à son voisin chaque fois qu'on le croise, on s'expose tôt ou tard à des représailles. Ces petits détails ont leur importance. On peut vivre de toutes sortes de façons, mais il y a des façons qui empêchent de vivre.

En un mot, parmi tous les savoirs possibles, un au moins est indispensable : celui qui nous apprend que certaines choses nous *conviennent* et d'autres pas. Certains aliments ne nous conviennent pas, certains comportements et attitudes non plus. A condition, bien entendu, de vouloir rester en vie. Si notre plus cher désir est de trépasser au plus vite, il est chaudement recommandé de boire de l'eau de Javel, ou de s'entourer du plus grand nombre d'ennemis possible. Mais supposons à titre provisoire que nous préférons vivre, et laissons de côté pour le moment les goûts respectables du candidat au suicide. Donc, certaines choses nous conviennent, que nous avons coutume de qualifier de « bonnes », car elles nous font du *bien* ; d'autres nous font un *mal* fou : nous les qualifions de « mauvaises ». Savoir ce qui nous convient, c'est-à-dire distinguer entre le bon et le mauvais, est une connaissance que nous voulons tous acquérir – tous sans exception – car nous y sommes bien obligés.

Comme je l'ai signalé, il y a des choses bonnes et d'autres mauvaises pour la santé : il faut savoir ce que nous devons manger, que le feu peut chauffer ou brûler selon les circonstances, que l'eau peut étancher notre soif et nous noyer. Pourtant, rien n'est simple : certaines drogues, par exemple, augmentent notre énergie ou produisent des sensations agréables, mais leur abus continu peut être nocif. Elles sont bonnes *par certains côtés*, mais mauvaises par d'autres : elles nous conviennent, et en même temps ne nous conviennent pas. Dans le domaine des relations humaines, ces ambiguïtés sont encore plus fréquentes. Le mensonge est généralement mauvais, car il discrédite le langage – dont nous avons tous besoin pour parler et vivre en société – et dresse les gens les uns contre les autres ; mais il peut être utile ou profitable de mentir pour obtenir un petit avantage. Ou pour accorder une faveur à quelqu'un. Exemple : vaut-il mieux dire la vérité sur son état à un malade atteint d'un cancer incurable, ou le tromper pour qu'il vive ses derniers instants sans angoisse ? Le mensonge ne nous convient pas, il est mauvais, mais il a parfois du bon. Nous avons déjà dit qu'il vaut mieux ne pas chercher la bagarre, mais tolérerons-nous qu'une fille soit violée sous nos yeux sans intervenir, simplement pour éviter de se battre ? Par ailleurs, le type qui dit toujours la vérité – quoi qu'il arrive – est mal vu ; et celui qui intervient dans le style Indiana Jones pour sauver la fille agressée a plus de chances de se retrouver la tête en compote que celui qui rentre tranquillement chez lui en sifflotant. En définitive, le mauvais peut paraître plus ou moins bon, et, dans certaines circonstances, le bon a toutes les apparences du mauvais. Un vrai sac d'embrouilles.

Il n'est pas si facile de vivre, car, dans ce domaine, les critères sur ce que nous devons faire peuvent être *opposés*. En mathématiques ou en géographie, il y a des savants et des ignorants, mais les savants sont presque toujours d'accord sur l'essentiel. Pour vivre, en revanche, les opinions sont loin d'être unanimes. Si nous voulons connaître des émotions fortes, nous pouvons choisir la formule 1 ou l'alpinisme ; mais si nous préférons la sécurité et la tranquillité, il vaut mieux aller chercher l'aventure au vidéoclub du coin. Selon l'un, rien n'est plus noble que de vivre pour les autres ; son voisin affirme que le plus utile est d'arriver à convaincre les autres de vivre au service d'un seul ; un troisième trouve que l'essentiel est de gagner de l'argent, un point c'est tout, et certains soutiennent que l'argent sans la santé ni les loisirs, sans affections sincères ni esprit serein, n'a aucun intérêt. Des médecins autorisés prétendent que la suppression du tabac et de l'alcool est un moyen sûr d'allonger la vie, à quoi fumeurs et ivrognes répliquent que privés de tout ils trouveraient évidemment la vie beaucoup plus longue. Etc.

A première vue, le seul point sur lequel nous sommes tous d'accord, c'est que nous ne sommes pas d'accord avec tout le monde. Mais tu remarqueras que ces opinions divergentes sont unanimes sur un autre point, à savoir que notre vie sera, au moins *en partie*, le résultat de ce que chacun voudra en faire. Si notre vie avait un caractère entièrement déterminé, fatal, irrémédiable, toutes ces considérations n'auraient aucun sens. Personne ne se demande si les pierres doivent tomber vers le haut ou vers le bas : elles tombent vers le bas, et on n'y peut rien. Les castors font des barrages dans les torrents et les abeilles des rayons à cellules hexagonales : aucun castor n'est tenté de confectionner des cellules en cire, aucune abeille n'a jamais envisagé de se spécialiser dans l'hydraulique. Dans son milieu naturel, chaque animal paraît discerner très bien ce qui est bon et mauvais pour lui, sans erreurs ni hésitations. Il n'y a pas d'animaux *bons* ni *mauvais* dans la nature, même si la mouche qualifie de *mauvaise* l'araignée qui tend son piège et la dévore. Mais l'araignée n'y peut rien...

Je vais te décrire un drame. Tu connais les termites, ces fourmis blanches qui, en Afrique, construisent des fourmilières impressionnantes, hautes de plusieurs mètres et dures comme de la pierre. Le corps des termites est mou, car il est dépourvu de la croûte chitineuse qui protège d'autres insectes, la termitière sert donc de carapace collective contre certaines fourmis ennemies, mieux armées qu'eux. Mais parfois, une termitière s'effondre, à cause d'une inondation ou d'un éléphant (les éléphants adorent se gratter contre les termitières, c'est comme ça). Aussitôt, les termites-ouvriers se mettent au travail pour reconstruire dare-dare la forteresse endommagée. Et les grandes fourmis ennemies se lancent à l'assaut. Les termites-soldats organisent la défense de la tribu, et comme ils ne peuvent se mesurer à leurs assaillantes, ni par la taille ni par leur armement, ils s'accrochent à celles-ci pour freiner leur avance, se laissant mettre en pièces par leurs féroces mandibules. Pendant ce temps, les ouvriers travaillent en toute hâte pour reboucher la termitière endommagée... mais ils la referment en laissant *dehors* les pauvres et héroïques termites-soldats, qui sacrifient leur vie pour sauvegarder la sécurité de leurs coreligionnaires. Ne méritent-ils pas au moins une médaille ? N'est-il pas juste de dire qu'ils sont *courageux* ?

Changement de décor, mais pas de sujet. Dans *L'Iliade*, Homère raconte l'histoire d'Hector, le meilleur guerrier de Troie, lequel attend de pied ferme, sous les murailles de la ville, le bouillant Achille, champion des Achéens, en sachant pertinemment que ce dernier est le plus fort et va sans doute l'occire. Ainsi accomplit-il son devoir, qui est de défendre sa famille et ses concitoyens du terrible assaillant. Personne ne doute qu'Hector est un héros, un authentique brave. Mais Hector est-il héroïque et courageux à la manière de ces termites-soldats dont aucun Homère n'a jamais daigné conter la geste qui s'est déjà répétée des milliards de fois ? En fin de compte, Hector ne se comporte-t-il pas comme le premier termite venu ? Pourquoi trouvons-nous son courage plus authentique et plus *difficile* que celui de ces insectes ? Quelle différence y a-t-il entre ces deux cas ?

Simplement que les termites-soldats luttent et meurent parce qu'ils *doivent* le faire, c'est plus fort qu'eux (comme l'araignée qui dévore la mouche). En revanche, Hector va affronter Achille parce qu'il le *veut*. Les termites-soldats ne peuvent déserter, ni se révolter, ni tirer au flanc pour laisser leur place à d'autres : ils sont *programmés* par la nature pour accomplir obligatoirement leur mission héroïque. La situation d'Hector est différente. Il pourrait dire qu'il est malade, ou qu'il n'a pas envie d'affronter un combattant plus fort que lui, ses concitoyens le traiteraient sans doute de lâche et de dégonflé ou lui demanderaient s'il a envisagé un autre plan pour arrêter Achille, mais, dans tous les cas, il n'y a pas de doute, il peut refuser d'être un héros. Quelles que soient les pressions exercées sur lui, il pourra toujours se défiler : il n'est pas *programmé* pour être un héros, aucun homme ne l'est. D'où le mérite de son geste, et l'émotion épique avec laquelle Homère raconte son histoire. A la différence des termites, nous disons qu'Hector est *libre*, et, pour cette raison même, nous admirons son courage.

Et nous arrivons au mot clé de tout cet imbroglio : *liberté*. Les animaux (sans parler des minéraux ni des plantes) sont obligés d'être tels qu'ils sont et de faire ce pour quoi ils ont été programmés naturellement. On ne peut leur reprocher leurs actes ni les admirer, *car ils ne savent pas se comporter autrement.* Un tel comportement obligatoire leur épargne sans doute bien des cas de conscience. Bien entendu, les hommes sont aussi programmés par la nature, dans une certaine mesure. Nous sommes faits pour boire de l'eau, pas de l'eau de Javel, et, malgré toutes nos précautions, nous finirons par mourir tôt ou tard. D'une façon moins impérieuse quoique analogue, notre programme *culturel* est déterminant : notre pensée est conditionnée par le langage qui lui donne sa forme (un langage imposé de l'extérieur, que nous n'avons pas inventé pour notre usage personnel) et nous sommes élevés dans certaines traditions, mœurs, attitudes, légendes… ; en un mot, on nous inculque au berceau certaines *fidélités*. Cet ensemble pèse lourd et nous rend passablement prévisibles. Prenons par exemple Hector, dont nous venons de parler. Sa programmation naturelle éveillait en lui une soif de protection et d'entraide, vertus qu'il avait à peu près trouvées dans sa ville de Troie. Non moins naturellement, il éprouvait de la tendresse pour sa femme Andromaque – qui lui offrait une compagnie agréable – et pour son rejeton, avec qui il était lié biologiquement. Culturellement, il se sentait de Troie et partageait la langue, les coutumes et les traditions de ses concitoyens. En outre, il avait été éduqué depuis son enfance pour être un bon guerrier au service de sa ville, pour prendre en horreur la lâcheté, indigne d'un homme. Si Hector trahissait les siens, il savait qu'il serait méprisé et châtié d'une façon ou d'une autre. Il était donc relativement bien programmé pour agir comme il l'a fait, n'est-ce pas ? Et pourtant...

Pourtant, Hector aurait pu dire : « Au diable toute cette histoire ! » Il aurait pu se déguiser en femme et s'évader de Troie à la faveur de la nuit, feindre d'être malade ou fou pour ne pas se battre, s'agenouiller devant Achille et lui offrir de le guider pour investir Troie par son flanc le plus faible ; il aurait aussi pu sombrer dans l'alcool ou inventer une nouvelle religion proclamant qu'on ne doit pas se battre contre ses ennemis, mais, au contraire, tendre l'autre joue quand on reçoit un soufflet. Tu me diras que tous ces comportements auraient eu l'air *bizarres*, vu le caractère d'Hector et l'éducation qu'il avait reçue. Mais reconnais que ces hypothèses ne sont pas *impossibles*, alors qu'un castor qui bricole un rayon de cire ou un termite qui déserte, c'est non seulement bizarre, mais surtout impossible. Avec les hommes, on ne peut jamais être entièrement sûr, contrairement aux animaux et autres êtres de la nature. Les hommes ont beau être programmés jusque dans les moindres détails, biologiquement et culturellement, ils peuvent toujours choisir une solution qui ne figure pas dans le programme (ou *pas entièrement*). Nous pouvons dire « oui » ou « non », je veux ou je ne veux pas. Même forcés par les circonstances, nous n'avons jamais *une seule* voix à suivre, mais plusieurs.

Quand je te parle de *liberté*, c'est à cela que je fais allusion. C'est en cela que nous sommes différents des termites et des marées, de tout ce qui bouge de façon intangible et inéluctable. Certes, nous ne pouvons pas faire *tout ce qui nous passe par la tête*, mais rien ne nous oblige à ne faire qu'une chose. Et le moment est venu d'apporter deux précisions au sujet de la liberté.

Premièrement : nous ne sommes pas libres de choisir *ce qui nous arrive* (être nés tel jour, de tels parents et dans tel pays, avoir un cancer ou être renversés par une voiture, être beaux ou laids, voir les Achéens conquérir notre ville, etc.), mais libres de *réagir à ce qui nous arrive de telle ou telle façon* (obéir ou nous révolter, être prudents ou téméraires, vindicatifs ou résignés, nous habiller à la mode ou nous déguiser en ours des cavernes, défendre Troie ou fuir, etc.).

Deuxièmement : être libres de faire *une tentative* ne garantit pas la *réussite*. La liberté (qui consiste à choisir dans le domaine du possible) n'est pas l'omnipotence (qui serait de toujours réussir ce qu'on entreprend, même l'impossible). C'est pourquoi plus grande sera notre *capacité* d'action, plus efficace sera notre liberté. Je suis libre de vouloir escalader le mont Everest, mais, étant donné mon état physique lamentable et mon absence d'entraînement en alpinisme, il est pratiquement impossible que j'atteigne mon objectif. En revanche, je suis libre de lire ou de ne pas lire, mais, ayant appris à lire quand j'étais enfant, je n'aurai pas trop de mal à m'y mettre si j'en ai envie. Il y a des choses qui dépendent de ma volonté (c'est cela être libre), mais *tout* ne dépend pas de ma volonté (autrement, je serais omnipotent), car le monde est plein de volontés et d'impératifs qui échappent à mon contrôle. Si je ne me connais pas moi-même, et si je ne connais pas le monde dans lequel je vis, ma liberté *se brisera* un jour ou l'autre contre ces impératifs. Mais, détail important, cela ne m'empêchera pas d'être libre... même si cela me fait mal.

Dans la réalité, beaucoup de forces *limitent* notre liberté, des tremblements de terre aux tyrans en passant par les maladies. Mais notre liberté est aussi une force dans le monde, *notre* force. Cependant, si tu parles avec les gens, tu découvriras qu'ils ont plus souvent conscience des limites de leur liberté que de leur liberté à proprement parler. Ils te diront : « Liberté ? Mais de quelle liberté parles-tu ? Comment peut-on être libres quand la télévision nous bourre le crâne, quand les gouvernants nous trompent et nous manipulent, quand les terroristes nous menacent, quand les drogues nous réduisent à l'esclavage, et quand, par-dessus le marché, je n'ai pas assez d'argent pour m'acheter la moto que je voudrais ? » Et si tu y regardes d'un peu plus près, tu t'apercevras que ceux qui tiennent ces discours, sous couvert de se plaindre, sont en réalité ravis de savoir qu'ils ne sont pas libres. Au fond, ils se disent : « Ouf ! Nous voilà débarrassés d'un sacré poids ! Comme nous ne sommes pas libres, nous ne pouvons pas être *responsables* de ce qui nous arrivera... » Mais je suis sûr que personne – *personne* – n'est vraiment convaincu de ne pas être libre ; personne ne peut admettre qu'il fonctionne comme un mécanisme d'horlogerie implacable ou comme un termite. On peut trouver qu'il est très *difficile* de faire librement certains choix dans certaines circonstances (par exemple, entrer dans une maison en flammes pour sauver un enfant, ou s'opposer fermement à un tyran), et qu'il vaut mieux dire qu'il n'y a pas de liberté pour ne pas avouer qu'on préfère librement la solution de facilité, à savoir attendre les pompiers ou lécher la botte qui vous piétine. Mais, intérieurement, une voix s'obstine à répéter : « Si tu avais voulu... »

Si quelqu'un s'obstine à dire que les hommes ne sont pas libres, je te conseille de lui appliquer le test du philosophe romain. Dans l'Antiquité, un philosophe romain discutait avec un ami qui niait la liberté humaine et assurait que les hommes n'ont pas d'autre choix que de faire ce qu'ils font. Le philosophe prit sa canne et se mit à le frapper de toutes ses forces. « Arrête, ça suffit, arrête de me frapper ! » criait l'autre. Mais le philosophe, sans cesser la bastonnade, continuait d'argumenter : « N'as-tu pas dit que je ne suis pas libre, et que je n'ai pas le choix de faire autre chose que ce que je fais ? Alors, ne gaspille pas ta salive en me demandant d'arrêter : je suis un automate. » Et le philosophe ne suspendit sa raclée que lorsque l'ami eut reconnu que le philosophe pouvait librement cesser de le battre. Le test est valable, mais je te conseille de ne l'utiliser qu'en dernier recours, et toujours avec des amis qui ne connaissent pas les arts martiaux...

Résumons : à la différence des autres êtres, vivants ou inanimés, les hommes peuvent *inventer* et *choisir* en partie leur façon de vivre. Nous pouvons opter pour ce qui nous paraît bon, autrement dit pour ce qui peut nous convenir, et écarter ce qui nous paraît mauvais et inadapté. Et comme nous pouvons inventer et choisir, nous pouvons nous *tromper*, ce qui n'arrive généralement ni aux castors, ni aux abeilles, ni aux termites. Il est donc prudent de bien faire attention à ce que nous faisons et d'acquérir un certain savoir-vivre afin de réussir. Et ce savoir-vivre, ou cet art de vivre si tu préfères, on l'appelle l'éthique. Si tu as un peu de patience, nous en reparlerons dans les pages suivantes de ce livre.

La lecture n'est pas finie...

« Mais si je déposais mon bouclier renflé au centre et mon casque robuste, si, appuyant ma lance contre le mur, j'allais moi-même au-devant de l'irréprochable Achille, si je lui promettais Hélène, et ses biens avec elle, tous ceux qu'Alexandre, dans ses vaisseaux creux, a amenés à Troie, ce qui fut l'origine de la querelle; si je promettais de les donner aux Atrides, et, avec les Achéens, de partager tout ce que cache encore cette ville? Si des Troyens, ensuite, je tirais le serment, prêté par les anciens, de ne rien dissimuler, mais de tout partager en deux, ses biens que renferme la cité charmante?... Mais pourquoi donc mon cœur s'arrête-t-il à cette idée? » (Homère, *L'Iliade*, chant XXII, v. 112-122, GF Flammarion, 1965, p. 365-366; trad. de E. Lasserre).

« La liberté n'est pas une philosophie, pas même une idée : c'est un mouvement de la conscience qui nous pousse, à certains moments, à prononcer deux monosyllabes, Oui ou Non. Dans leur brièveté instantanée, comme dans la clarté de l'éclair, c'est le signe contradictoire de la nature humaine qui se dessine » (Octavio Paz, *L'Autre Voix*, Gallimard, 1990, p. 71; trad. de J.-Cl. Masson).

« La vie de l'homme ne peut être "vécue" par une simple répétition d'actions types propres à l'espèce : *chacun doit vivre*. L'homme est le seul animal capable de s'ennuyer, d'être insatisfait, de se sentir chassé du paradis » (Erich Fromm, *Un homme pour lui-même*, Éditions sociales françaises, 1967, p. 39).

2

Ordres, habitudes et caprices

Je te rappelle brièvement où nous en sommes. A l'évidence, certaines choses nous conviennent pour notre vie, mais il n'est pas toujours facile de les distinguer de celles qui ne nous conviennent pas. Même si nous ne pouvons choisir ce qui nous arrive, nous pouvons toujours choisir comment réagir face à ce qui nous arrive. Toute modestie mise à part, notre situation ressemble plus à celle d'Hector qu'à celle des braves termites... Nous agissons parce que nous *préférons* telle chose à telle autre, ou parce que nous préférons agir plutôt que de rester passifs. Faut-il en déduire que nous faisons toujours ce que nous voulons ? Loin de là ! Les circonstances nous imposent parfois une alternative que nous n'avons pas voulue : et nous devons alors choisir, quand nous aurions préféré nous abstenir.

Un des premiers philosophes à s'être penché sur ces questions, Aristote, a imaginé l'exemple suivant : un bateau transporte une cargaison importante ; en cours de route, il est pris dans une violente tempête et le seul moyen de sauver le navire et son équipage est de jeter la marchandise par-dessus bord, précieuse, mais surtout très lourde. Le capitaine se pose alors le problème suivant : « Dois-je jeter le chargement, ou le garder dans les soutes en prenant le risque d'affronter la tempête, avec l'espoir que le temps s'améliorera ou que le navire résistera ? » Naturellement, s'il se débarrasse de la cargaison, c'est qu'il *préfère* cela plutôt que d'affronter le risque, mais il serait injuste de dire sèchement qu'il *veut* s'en débarrasser. Ce qu'il *veut* vraiment, c'est arriver à bon port avec son bateau, son équipage et sa marchandise : c'est ce qui lui convient le mieux. Cependant, vu les menaces d'orage, il préfère sauver sa vie et celle de son équipage plutôt que son chargement, si précieux soit-il. Ah, si cette maudite tempête ne s'était pas levée ! Mais il ne peut choisir la tempête, elle lui est imposée, c'est une chose qu'il *subit*, qu'il le veuille ou non ; en revanche, il peut décider de l'attitude à prendre face au danger qui le menace. S'il jette son chargement par-dessus bord, c'est parce qu'il le veut bien... mais c'est aussi sans le vouloir. Il veut vivre, se sauver et sauver les hommes qui dépendent de lui, et sauver son bateau ; mais il ne voudrait pas être privé de sa cargaison ni du profit qu'elle représente, il ne s'en séparera donc qu'à contrecœur. Il préférerait sûrement ne pas être dans la situation d'avoir à choisir entre perdre ses biens et perdre la vie. Il n'y a pourtant pas d'autre solution et il doit se décider : il choisira ce qu'il voudra *le plus*, ce qui lui conviendra le mieux. Nous pourrions dire qu'il est libre, car il est bien obligé de l'être, libre de choisir dans des circonstances qu'il n'avait pas choisi de vivre.

Chaque fois que nous réfléchissons dans des situations cruciales ou décisives sur ce que nous allons faire, nous nous retrouvons dans la situation de ce capitaine dont parle Aristote. Bien sûr, les circonstances ne sont pas toujours si désespérées, et si je m'entête à ne te citer que des exemples avec cyclone incorporé, tu pourras les envoyer promener, comme cet apprenti aviateur interrogé par son instructeur de vol : « Vous êtes dans un avion, un orage éclate et la foudre tombe sur un moteur. Que faites-vous ? » Et l'étudiant de répondre : « Je poursuis ma route avec l'autre moteur. — Très bien, dit le professeur. Mais un autre orage arrive et la foudre tombe sur l'autre moteur. Que faites-vous maintenant ? — Je poursuis ma route avec un autre moteur. — Un orage vous le détruit aussi. Alors ? — Je continue avec un autre moteur. — Voyons, s'énerve le professeur, peut-on savoir où vous prenez tous ces moteurs ? » Et l'élève, imperturbable : « A l'endroit où vous avez pris tous vos orages. » Laissons donc de côté ces orages tortionnaires et voyons ce qui arrive quand il fait beau.

En général, on passe sa vie à calculer ce qu'il convient de faire. Heureusement, la vie n'est pas toujours aussi implacable qu'avec le capitaine du fameux navire dont nous venons de parler. A vrai dire, nous effectuons la plupart de nos actes presque automatiquement, sans trop y réfléchir. Veux-tu bien revoir avec moi ce que tu as fait ce matin : le réveil a sonné à une heure scandaleusement matinale, mais, au lieu de le jeter contre le mur comme tu en grillais d'envie, tu as éteint la sonnerie. Tu es resté un peu sous les draps, savourant tes dernières et précieuses minutes de confort horizontal. Puis tu as pensé que tu allais être en retard et que le *car de ramassage* n'attendrait pas, tu t'es donc levé avec une sainte résignation. Je sais que tu n'aimes pas te laver les dents, mais comme je t'oblige à le faire, tu es allé en bâillant retrouver brosse et dentifrice. Tu t'es douché sans presque t'en rendre compte, car c'est un acte qui appartient désormais à ta routine quotidienne. Puis tu as bu ton café au lait et mangé ton habituelle tartine beurrée. Ensuite, la dure réalité de la rue. En te rendant à l'arrêt du car, tout en révisant mentalement les exercices de maths – n'avais-tu pas un contrôle aujourd'hui ? –, tu as donné distraitement un coup de pied dans une boîte vide de Coca-Cola. Et après, le car, le collège, etc.

Franchement, je ne crois pas que tu aies accompli chacun de ces actes après d'angoissantes réflexions du genre : « Dois-je me lever, oui ou non ? Devrais-je me doucher ? Déjeuner ou ne pas déjeuner, telle est la question ! » L'émoi du pauvre capitaine au bord du naufrage essayant précipitamment de décider si oui ou non il va jeter sa cargaison par-dessus bord n'a rien à voir avec tes décisions endormies de ce matin. Tu as agi d'une manière presque instinctive, sans te poser beaucoup de questions. Au fond, n'est-ce pas le plus commode et le plus efficace ? Parfois, trop réfléchir nous paralyse. Comme lorsqu'on marche : si on se met à regarder ses pieds et à dire : « D'abord le pied droit, ensuite le gauche, etc. », on va sûrement trébucher et être obligé de s'arrêter. Mais j'aimerais que tu te poses maintenant, rétrospectivement, les questions que tu ne t'es pas posées ce matin : *pourquoi* ai-je fait ce que j'ai fait ? *pourquoi* ce geste et pas son contraire ou n'importe quel autre ?

Cette enquête risque de t'indigner : « La belle blague ! Pourquoi je dois me lever à sept heures et demie, me laver les dents et aller au collège ? Et c'est toi qui me le demandes ? Justement, parce que c'est toi qui y tiens et qui n'arrête pas de me casser les pieds, alternant menaces et promesses, pour m'y obliger ! Si je restais au lit, tu ferais un beau scandale ! » Bien sûr, certains des actes cités, ta douche ou ton petit déjeuner par exemple, tu les effectues sans plus penser à moi, ils sont automatiques quand on se lève, n'est-ce pas ? Comme on enfile un pantalon au lieu de partir en caleçon, même si la chaleur est accablante... Et tu es bien obligé de prendre le car pour arriver à l'heure : le collège est trop loin pour y aller à pied et je ne suis pas assez généreux pour te payer l'aller et retour en taxi tous les jours. Et le coup de pied dans la boîte vide ? Ça, tu le fais sans y penser, parce que ça te passe par la tête.

Nous allons donc revoir en détail les mobiles qui dictent tes comportements matinaux. Tu sais déjà ce qu'est un « mobile » au sens où il est utilisé dans ce contexte : c'est la raison que tu as ou crois avoir de faire quelque chose, l'explication la plus acceptable de ta conduite quand tu y réfléchis un peu. En un mot, la meilleure réponse que tu puisses trouver à la question : « Pourquoi ai-je fait cela ? » Or, une des motivations que tu as relevées, c'est que je t'ordonne de faire telle ou telle chose. Nous appellerons ces mobiles des *ordres*. D'autres fois, le mobile est l'habitude que tu as de répéter toujours le même geste presque sans y penser, ou de voir autour de toi les gens se comporter ainsi habituellement : nous appellerons ce jeu de mobiles des *habitudes*. D'autres fois, enfin – les coups de pied dans la boîte vide, par exemple –, le mobile semble être l'absence de mobile, juste une envie. Je te propose d'appeler *caprices* la raison de ces comportements. Laissons de côté les mobiles plus bassement *fonctionnels*, ceux qui déterminent des gestes purement instrumentaux visant à obtenir un effet direct et précis : descendre l'escalier pour arriver dans la rue au lieu de sauter par la fenêtre, prendre le car pour aller au *bahut*, utiliser un bol pour boire ton café au lait, etc.

Nous nous contenterons d'examiner les trois premiers types de mobiles, c'est-à-dire les ordres, les habitudes et les caprices. Chacun de ces mobiles *oriente* ta conduite dans une direction ou dans une autre, explique plus ou moins ta *préférence* à faire certaines choses plutôt que d'autres. La première question que je poserai à propos de ces mobiles est la suivante : de quelle façon et avec quelle force chacun d'eux t'oblige-t-il à agir ? Car ils n'ont pas tous le même poids dans chaque circonstance. Te lever pour aller au collège est plus *obligatoire* que te laver les dents ou te doucher, et beaucoup plus, me semble-t-il, que donner des coups de pied dans une boîte de Coca-Cola ; en revanche, mettre au moins un caleçon et enfiler un pantalon même s'il fait très chaud est aussi obligatoire que d'aller au *bahut*, tu ne crois pas ? Je veux que tu comprennes que chaque catégorie de mobiles a son propre poids et te conditionne à sa façon. Les ordres, par exemple, tirent en partie leur force de la *peur* que tu peux avoir des représailles terribles que j'exercerai sur ta personne si tu ne m'obéis pas ; mais aussi, je suppose, de l'*affection* et de la *confiance* que je t'inspire et qui t'incitent à penser que je te donne des ordres pour te protéger et te rendre meilleur ou, comme le dit une expression qui te fait tordre le nez, *pour ton bien*. Sans oublier, naturellement, que tu espères certaines récompenses si tu accomplis correctement ce que tu dois faire : argent de poche, cadeaux, etc. Les habitudes, en revanche, viennent plutôt de la *commodité* à suivre la routine dans certaines circonstances, et de ton intérêt à ne pas contrarier autrui, autrement dit à ne pas subir la *pression* d'autrui. Il y a aussi dans les habitudes une sorte d'obéissance à certains types d'ordres : prends par exemple les *modes* : as-tu conscience de la quantité de blousons, chaussures de sport, badges, etc., que tu dois porter parce que tes amis en portent et que tu ne veux pas te singulariser ?

Les habitudes et les ordres ont un point commun : ils paraissent venir de l'*extérieur*, s'imposer sans en avoir demandé la permission. Au contraire, les caprices viennent de l'*intérieur*, ils sortent de toi spontanément sans avoir été sollicités par personne et sans que tu aies l'impression d'imiter quelqu'un. Si je te demande à quel moment tu te sens le plus libre, en exécutant des ordres, en prenant une habitude ou en suivant ton caprice, tu me répondras probablement que tu es le plus libre quand tu suis ton caprice, car cela t'appartient et ne dépend que de toi. Ce n'est pourtant pas évident : si ça se trouve, ce caprice te plaît parce qu'il t'a été inspiré par quelqu'un ou parce qu'il est né d'un ordre mais *à l'envers*, par esprit de contradiction, par une envie qui ne te serait pas venue sans le commandement préalable auquel tu as désobéi... Mais nous allons en rester là, car la coupe est pleine pour aujourd'hui.

Avant de terminer, évoquons encore une fois, avant de nous séparer, ce bateau grec dans la tempête dont parlait Aristote. Puisque nous avons commencé au milieu des vagues et de la foudre, nous pouvons bien finir de la même façon, pour avoir un chapitre symétrique. Quand nous l'avons laissé, le capitaine du navire se demandait s'il allait jeter sa cargaison par-dessus bord afin d'éviter le naufrage. Certes, il a ordre de la mener à bon port, l'habitude n'est pas vraiment de jeter les marchandises à la mer, et suivre ses caprices ne l'aiderait pas beaucoup, vu le pétrin dans lequel il se trouve. Obéira-t-il aux ordres qu'il a reçus au risque de perdre la vie et celle de tout son équipage ? Sera-t-il plus impressionné par la colère de ses patrons que par la mer déchaînée ? En temps normal, un ordre se suffit à lui-même, mais il est parfois prudent de se demander jusqu'à quel point il est conseillé d'obéir... Après tout, le capitaine ne ressemble pas aux termites obligés d'attaquer comme des *kamikazes*, qu'ils le veuillent ou non, contraints et forcés d'« obéir » aux impulsions de leur nature.

Et si, dans la situation de notre capitaine, les ordres ne lui suffisent pas, l'habitude lui sert encore moins. L'habitude expédie les affaires courantes, la routine de tous les jours. Mais, franchement, une tempête en pleine mer n'est pas l'idéal pour y caser la routine ! Toi-même, tu enfiles religieusement caleçon et pantalon chaque matin, mais si un incendie t'en empêchait, tu ne te sentirais pas vraiment coupable. Lors du grand tremblement de terre de Mexico, il y a quelques années, un de mes amis vit un immeuble très haut s'effondrer sous ses propres yeux ; il offrit son aide et essaya de dégager une des victimes des décombres, laquelle refusait inexplicablement de quitter son piège de gravats et finit par avouer : « C'est que je n'ai rien sur moi... » Prix spécial du jury à la défense tous azimuts du cache-sexe ! Tu ne trouves pas un tel conformisme face aux habitudes établies un peu morbide ? Notre capitaine grec avait sans doute un peu plus de sens pratique et le réflexe consistant à sauvegarder la cargaison n'était pas assez fort pour déterminer son comportement en cas de danger. Ni pour s'en débarrasser, évidemment, bien que ce soit recommandé dans ces cas-là. Quand les problèmes sont vraiment sérieux, il faut *inventer*, et pas seulement se contenter de suivre la mode ou les habitudes...

Il ne semble pas non plus que ce soit le moment de s'abandonner aux caprices. Si on te disait que le capitaine de ce bateau avait jeté sa cargaison non par prudence, mais par caprice (ou qu'il l'avait conservée dans les soutes pour la même raison), qu'en penserais-tu ? Je réponds à ta place : qu'il était un peu *fou*. Risquer une fortune ou sa vie avec le caprice pour tout mobile est le propre d'un esprit fêlé, mais si l'extravagance expose la fortune ou la vie d'autrui, elle mérite un qualificatif beaucoup plus dur. Comment un tel fantaisiste irresponsable aurait-il pu arriver au commandement d'un navire ? Dans les moments de panique, une personne saine oublie presque tous ses petits caprices et ne garde que le désir intense de trouver la ligne de conduite la mieux adaptée, autrement dit la plus rationnelle.

S'agit-il alors d'un simple problème *fonctionnel*, de trouver le meilleur moyen d'arriver au port sain et sauf ? Supposons que le capitaine arrive à la conclusion que, pour s'en tirer, il suffit de jeter *un certain poids* à la mer, que ce soit un poids en marchandise ou en équipage. Il pourrait alors essayer de convaincre les marins de jeter par-dessus bord quatre ou cinq d'entre eux, les moins utiles, ainsi aurait-il une bonne chance de conserver les bénéfices du fret. Du point de vue fonctionnel, sans doute serait-ce le meilleur moyen de sauver sa peau et de s'assurer encore des gains substantiels... Cependant, je trouve cette décision *répugnante*, et toi aussi sans doute. Est-ce parce qu'on m'a donné l'ordre de ne pas faire de telles choses, parce qu'elles ne sont pas dans mes habitudes, ou simplement parce que je n'ai pas envie – je suis si capricieux ! – de me comporter de cette façon ?

Excuse-moi si je te laisse dans un *suspense* digne de Hitchcock, mais je ne vais pas te dire pour conclure ce que notre infortuné capitaine a finalement décidé. Puisse-t-il avoir bien choisi et trouvé un vent favorable qui l'ait ramené chez lui ! A vrai dire, quand je pense à lui, je me rends compte que nous sommes tous embarqués dans le même bateau... Pour le moment, nous nous en tiendrons aux questions que nous avons posées, en espérant que des vents favorables nous pousseront jusqu'au chapitre suivant où nous les retrouverons et essaierons de leur trouver une réponse.

La lecture n'est pas finie...

« La vertu dépend donc de nous, ainsi que le vice. Dans les circonstances où nous pouvons agir, nous pouvons aussi nous abstenir ; là où nous disons : non, nous sommes maîtres aussi de dire : oui. Ainsi donc si l'exécution d'une belle action dépend de nous, il dépendra aussi de nous de ne pas exécuter un acte honteux ; et si nous pouvons nous abstenir d'une bonne action, l'accomplissement d'un acte honteux dépend encore de nous. Si donc l'exécution des actes honorables et honteux est en notre pouvoir, nous pouvons aussi ne pas les commettre » (Aristote, *Éthique de Nicomaque,* livre III, chap. v, 1 à 3, GF Flammarion, 1990, p. 74-75 ; trad. de J. Voilquin).

« Dans l'exercice de cet art (de vivre), l'homme est à la fois artiste et objet ; il est le sculpteur et il est le marbre, il est le médecin et le malade » (Erich Fromm, *Un homme pour lui-même*, Éditions sociales françaises, 1967, p. 22).

« Nous ne disposons que de quatre principes de la morale :
» 1) Le *philosophique* : fais le bien pour le bien lui-même, par respect de la loi.
» 2) Le *religieux* : fais-le parce que c'est la volonté de Dieu, pour l'amour de Dieu.

» 3) L'*humain* : fais-le parce que ton bien-être le requiert, pour l'amour de toi-même.

» 4) Le *politique* : fais-le parce que la prospérité de la société dont tu fais partie le requiert, pour l'amour de la société et par considération pour toi-même » (Lichtenberg, *Aphorismes*).

« L'essentiel n'est pas de vivre longtemps, mais pleinement. Vivras-tu longtemps ? C'est l'affaire du destin. Pleinement ? C'est l'affaire de ton âme. La vie est longue, si elle est remplie, aussitôt que l'âme a repris possession du bien qui lui est dévolu et ne relève plus que d'elle-même » (Sénèque, *Lettres à Lucilius*, livre XV, lettre 93, 2, Laffont, coll. « Bouquins », 1993, p. 932 ; trad. de H. Noblot, revue par P. Veyne).

3

Fais ce que voudras

Nous venons de dire que nous accomplissons la plupart de nos actes parce que nous en avons reçu l'ordre (de nos parents quand nous sommes jeunes, de nos supérieurs et des lois à l'âge adulte), parce que nous en avons pris l'habitude (parfois la routine nous vient de l'exemple ou de la pression des autres – peur du ridicule, censure, cancans, désir d'être accepté par le groupe...–, parfois nous la créons nous-mêmes), parce que c'est un moyen d'obtenir ce que nous voulons (comme de prendre le car pour aller au collège) ou simplement parce que nous avons l'envie ou le caprice d'agir d'une certaine façon, sans raison particulière. Mais, dans certaines circonstances, graves ou exceptionnelles, ces motivations courantes s'avèrent peu satisfaisantes : *elles ne pèsent pas lourd*, comme on dit.

Quand, à l'image d'Hector, on risque sa peau sous les murailles de Troie pour défier Achille, quand il faut choisir entre jeter une cargaison à la mer pour sauver l'équipage et se débarrasser de quelques marins pour sauver le fret, quand… Dans de tels cas, même moins dramatiques que cela (un exemple très simple : dois-je voter pour l'homme politique qui me semble souhaitable pour la majorité du pays, même si son projet d'augmentation des impôts nuit à mes intérêts personnels, ou soutenir celui qui me permettra de m'en mettre plein les poches, et tant pis pour les copains?), ordres et habitudes ne suffisent pas, et les caprices n'y peuvent rien. Le commandant nazi du camp de concentration accusé d'avoir tué des Juifs essaie de se disculper en disant qu'il a « exécuté les ordres », et pourtant, cette justification ne me convainc pas ; dans certains pays, l'habitude veut qu'on ne loue pas d'appartement aux Noirs, à cause de la couleur de leur peau, ou aux homosexuels, à cause de leur comportement amoureux, et cette discrimination a beau être l'usage, je la trouve inacceptable ; qu'on veuille passer quelques jours au bord de la mer est un caprice très normal, mais si pour cela on abandonne son bébé tout le week-end, un tel caprice n'est plus sympathique, mais criminel. N'es-tu pas de mon avis dans les cas que je viens de décrire ?

Tout cela est lié à la *liberté*, notion au cœur des préoccupations de l'éthique, comme je crois te l'avoir déjà dit. La liberté, c'est pouvoir dire « oui » ou « non » ; je fais telle chose ou je ne la fais pas, quoi qu'en disent mes chefs ou les autres ; cela me convient et je le veux, cela ne me convient pas et donc je ne le veux pas. La liberté, c'est *décider*, mais aussi – ne l'oublie pas – *se rendre compte* qu'on décide. C'est le contraire de *se laisser entraîner*, comme tu le comprendras facilement. Et pour ne pas te laisser entraîner, tu es bien obligé d'essayer de retourner le problème au moins deux fois dans ta tête avant d'agir ; eh oui, deux fois, désolé, même si ça te donne des migraines... La *première* fois que tu penses au mobile de ton action, la réponse à la question « pourquoi vais-je faire cela ? » est du genre de celles que nous avons étudiées précédemment : je le fais parce qu'on me l'ordonne, parce que c'est l'habitude, parce que j'en ai envie. Mais si tu y repenses une *deuxième* fois, ce n'est plus pareil. Je fais cela parce qu'on me l'a ordonné, mais... pourquoi obéir aux ordres qu'on me donne ? Par peur d'être puni ? Dans l'espoir d'une récompense ? Ne serais-je pas réduit en *esclavage* par celui qui me donne des ordres ? Si j'obéis sous prétexte que celui qui donne les ordres en sait plus que moi, ne devrais-je pas plutôt m'informer pour prendre mes décisions tout seul ? Et si on m'imposait des choses qui ne me *conviennent* pas, comme lorsqu'on a ordonné au commandant nazi d'éliminer les Juifs dans le camp de concentration ? Une chose peut-elle être « mauvaise » – autrement dit ne pas me convenir –, même si on me l'a ordonnée, ou « bonne » et me convenir, même si personne ne me l'a imposée ?

Il en va ainsi avec les habitudes. Si je ne réfléchis qu'une seule fois à ce que je dois faire, sans doute me contenterai-je de la réponse : j'agis ainsi « parce que c'est l'habitude ». Mais pourquoi diable dois-je toujours faire ce qui se fait (ou ce que je fais) ? Je n'ai aucune envie d'être l'esclave de ceux qui m'entourent, même s'ils sont des amis, ou de ce que j'ai fait hier, avant-hier ou le mois dernier ! Si les gens autour de moi ont l'habitude d'imposer des mesures discriminatoires aux Noirs et que je ne trouve pas cela bien, pourquoi devrais-je les imiter ? Si j'ai pris l'habitude d'emprunter de l'argent et de ne jamais le rendre, mais que j'en ai de plus en plus honte, pourquoi ne pas changer d'attitude et décider de devenir plus sérieux ? Une habitude peut-elle ne pas me convenir, si répandue soit-elle ? Et quand je m'interroge pour la deuxième fois sur mes caprices, le résultat est analogue. J'ai souvent des envies d'agir qui se retournent contre moi et que je regrette. Passe encore pour des sujets anodins, mais quand il s'agit de choses plus sérieuses, me laisser entraîner par un caprice, sans chercher à savoir s'il me convient ou non, est déconseillé, voire dangereux : le caprice de toujours traverser quand le feu est au vert peut être amusant une fois ou deux, mais on peut se demander si je ferai de vieux os en pratiquant cet exercice quotidiennement !

En résumé, il peut y avoir des ordres, des habitudes et des caprices qui sont des mobiles suffisants pour agir, mais ce n'est pas toujours le cas. Il serait un peu idiot de vouloir contredire tous les ordres, toutes les habitudes et tous les caprices, car ils sont parfois agréables et nous conviennent. *Mais une action n'est jamais bonne par le simple fait qu'elle émane d'un ordre, d'une habitude ou d'un caprice.* Pour savoir si une chose me convient réellement, je devrai examiner plus à fond ce que je fais en raisonnant par moi-même. Personne ne peut être libre à ma place, autrement dit personne ne peut me dispenser de choisir et de réfléchir par moi-même. Quand on est un petit enfant immature, ayant peu de connaissances de la vie et de la réalité, l'obéissance, la routine ou le caprice suffisent, car on dépend encore d'autrui, on est entre les mains d'une personne qui veille sur nous. Ensuite, il faut devenir adulte, ce qui signifie *inventer* sa propre vie et ne pas se contenter de vivre celle que d'autres ont inventée pour soi. Naturellement, nous ne pouvons nous inventer complètement, car nous ne vivons pas seuls et beaucoup de choses nous sont imposées, que nous le voulions ou non (rappelle-toi que l'infortuné capitaine n'a pas choisi de subir une tempête en pleine mer, et qu'Achille n'a pas demandé à Hector la permission d'attaquer Troie...). Mais nous devrons apprendre à sélectionner par nous-mêmes les ordres qu'on nous donne, les habitudes qui nous entourent ou que nous nous forgeons, les caprices qui nous viennent. Nous serons bien obligés, pour être des hommes et pas des moutons (j'en demande pardon aux moutons), de réfléchir à deux fois avant d'agir. Et même à trois ou quatre fois dans les grandes occasions, je te l'accorde.

Le mot « morale » se rattache par l'étymologie aux habitudes, car c'est justement le sens du mot latin *mores*, et aux ordres, car la plupart des préceptes moraux disent plus ou moins « tu dois faire telle chose » ou « ne pas faire telle autre ». Cependant, il y a des habitudes et des ordres – nous l'avons déjà vu – qui peuvent être *mauvais*, autrement dit « immoraux », bien qu'impératifs et habituels. Si nous désirons vraiment approfondir la morale, apprendre sérieusement à manier cette liberté dont nous disposons (et cet apprentissage, c'est justement la « morale » ou l'« éthique » dont nous sommes en train de débattre), il vaut mieux laisser tomber les ordres, les habitudes et les caprices. Le premier point à élucider, c'est que l'éthique d'un homme libre n'a rien à voir avec les punitions ou les récompenses distribuées par une autorité humaine ou divine, ce qui revient au même en l'occurrence. Celui qui fuit les punitions ou recherche les récompenses dispensées par des tiers, selon des normes établies par eux, ne vaut pas mieux qu'un vulgaire esclave. Un enfant se contentera peut-être de la carotte et du bâton pour déterminer sa conduite, mais une telle mentalité serait déplorable chez un adulte. Il faut trouver un autre moyen de s'orienter. Au fait, il faut que je t'explique un terme : je vais utiliser indifféremment les mots « morale » et « éthique », mais, du point de vue technique (excuse ce ton professoral inhabituel), ils n'ont pas la même signification. La « morale » est un ensemble de comportements et de normes considérés comme valables par toi, moi et quelques personnes autour de nous ; l'« éthique » est une réflexion sur le *pourquoi* de cette considération, et une comparaison avec d'autres « morales » observées par d'autres. Mais, ici, j'utiliserai l'un ou l'autre mot indistinctement, toujours au sens d'*art de vivre*. J'espère que l'Académie voudra bien m'excuser...

Je te rappelle que les mots « bon » et « mauvais » ne s'appliquent pas seulement à des comportements moraux et à des personnes. On dit par exemple que Maradona ou Papin sont de très bons footballeurs, mais ce qualificatif ne concerne pas leur tendance à aider leur prochain à la sortie du stade ni leur propension à toujours dire la vérité. Ils sont bons en tant que footballeurs, sans que nous ayons à nous mêler de leur vie privée. On peut dire aussi qu'une moto est très bonne sans que cela implique que nous la prenions pour la sainte Thérèse des motos : nous voulons dire qu'elle marche très bien et a tous les avantages que nous sommes en droit d'attendre d'une moto. Dans le domaine des footballeurs et des motos, ce qui est « bon » – autrement dit ce qui convient – est assez clair. Je suis sûr que si je te le demande, tu sauras très bien m'énumérer les qualités nécessaires pour arriver au *top niveau* sur un terrain de jeu ou sur route. Mais alors, pourquoi ne pas essayer de définir de la même façon ce qu'il nous faut pour être un *homme bon*? Ne serait-ce pas le meilleur moyen de résoudre tous les problèmes que nous nous posons depuis un certain nombre de pages?

Ce n'est pourtant pas si facile. Les gens sont à peu près unanimes à reconnaître les bons footballeurs, les bonnes motos, les bons chevaux de course, etc., mais les opinions varient considérablement quand il s'agit de déterminer si quelqu'un est globalement bon ou mauvais, en tant qu'être humain. Regarde notre petite voisine, par exemple : chez elle, sa maman la considère comme le *summum* de la bonté, parce qu'elle est obéissante et bien élevée, mais, à l'école, tout le monde la déteste parce qu'elle est médisante et désagréable. Pour ses supérieurs, le nazi qui gazait les Juifs à Auschwitz était un bon militaire et un officier modèle, mais les Juifs devaient avoir sur lui un avis différent. Parfois, traiter quelqu'un de « bon » est mauvais signe ; au point qu'on arrive à dire des choses du genre : « Un tel est une bonne pâte, le pauvre ! » Le poète Antonio Machado avait conscience de cette ambiguïté quand il écrivit dans son autobiographie poétique : « Je suis bon, dans le bon sens du mot... » Il n'oubliait pas que, bien souvent, qualifier quelqu'un de « bon » ne met en valeur que sa docilité, son naturel conciliant et soucieux de ne pas déranger, par exemple la personne qui se dévoue pour changer les disques pendant que les autres dansent.

Pour les uns, être bon signifie être patient et résigné, pour d'autres être entreprenant, original, ne pas avoir peur de dire ce qu'on pense, au risque de déranger. Dans des pays comme l'Afrique du Sud, par exemple, selon certains, le Noir qui n'embête personne et se résigne à l'*apartheid* est un bon Noir, mais d'autres qualifieront ainsi le partisan de Nelson Mandela. Et sais-tu pourquoi il n'est pas facile de décréter quand un être humain est « bon » et quand il ne l'est pas ? Parce que nous ne savons pas *à quoi servent* les êtres humains ! Un footballeur sert à jouer au football, il aide son équipe à gagner et il marque des buts ; une moto sert à nous transporter d'une façon rapide, stable, résistante... Nous savons quand un spécialiste ou quand un instrument *fonctionnent* correctement, car nous avons une idée du service qu'ils doivent rendre, de ce qu'on attend d'eux. Mais si nous prenons l'être humain en général, tout se complique : on exige des êtres humains résignation ou révolte, initiative ou obéissance, générosité ou prévision de l'avenir, etc. Il est aussi difficile de déterminer une vertu : il est toujours bon qu'un footballeur marque un but dans le camp adverse sans commettre de faute, mais dire la vérité n'est pas forcément bon. Qualifierais-tu de « bonne » une personne qui annoncerait par cruauté au moribond qu'il va mourir, ou une personne qui dirait à l'assassin où se cache la victime qu'il veut tuer ? Métiers et instruments répondent à des normes utilitaires assez claires, établies de l'extérieur : si les normes sont respectées, parfait, sinon, tant pis et au suivant. On ne demande rien d'autre. Personne n'exige d'un footballeur – pour être un bon footballeur, pas un bon être humain – qu'il soit charitable ou sincère ; personne ne demande à une moto, pour être une bonne moto, de servir à planter des clous. Mais si l'on prend l'être humain dans son ensemble, les choses ne sont pas si claires, car il n'y a pas un *règlement* unique pour devenir un bon humain, et l'homme n'est pas un *instrument* servant à un but précis.

Il y a bien des façons d'être bon (ou bonne, évidemment), et les opinions portées sur les comportements varient en fonction des circonstances. C'est pourquoi nous disons parfois qu'un tel, ou une telle, est bon « à sa manière ». Nous admettons ainsi qu'il y a de nombreuses façons de l'être et que la question dépend du contexte dans lequel chacun évolue. Voilà pourquoi *de l'extérieur* il n'est pas facile de déterminer qui est bon et qui est mauvais, qui fait ce qu'il convient ou son contraire. Il faudrait étudier non seulement toutes les circonstances de chaque cas, mais aussi les *intentions* qui animent chacun. Car il se pourrait qu'une personne prétendant faire le mal ait obtenu un bon résultat par inadvertance. Quant à celui qui fait ce qui convient et ne doit qu'à la chance d'être bon, crois-tu qu'il doive être qualifié de « bon » ? Et inversement : avec la meilleure volonté du monde, quelqu'un pourrait déclencher une catastrophe et être pris pour un monstre sans qu'il soit coupable. J'ai l'impression que nous ne résoudrons pas grand-chose si nous continuons dans cette voie.

Mais alors, si ni les ordres, ni les habitudes, ni les caprices ne peuvent nous guider dans le monde de l'éthique, s'il apparaît qu'aucun règlement clair ne peut nous apprendre à devenir bons et à fonctionner toujours comme tels, qu'allons-nous faire ? Ma réponse va sûrement te surprendre et peut-être te scandaliser. Un écrivain français très divertissant du XVIe siècle, François Rabelais, racontait, dans un des premiers romans européens, les aventures du géant Gargantua et de son fils, Pantagruel. Je pourrais te rapporter beaucoup d'épisodes de ce livre, mais je préfère que tu te décides un jour à le lire tout seul. Sache seulement qu'à un moment donné Gargantua décide de fonder un ordre plus ou moins religieux et de l'installer dans une abbaye, l'abbaye de Thélème, sur la porte de laquelle est écrit cet unique précepte : « Fais ce que voudras. » Tous les habitants de cette sainte maison ne font d'ailleurs que cela : ce qu'ils veulent. Comment réagirais-tu maintenant si je te disais qu'à la porte de l'éthique bien comprise n'est inscrite que cette consigne : *fais ce que voudras* ? Je vais peut-être t'indigner et je t'entends d'ici : Bravo, nous sommes arrivés à une conclusion vraiment *morale* ! Il ferait beau voir que tout le monde se mette à faire ce qui lui passe par la tête ! Et nous avons passé tout ce temps à nous creuser les méninges pour arriver à ça ? Attends, attends, ne te fâche pas. Laisse-moi encore une chance : je t'en prie, passe au chapitre suivant...

La lecture n'est pas finie...

« Toute la vie des thélémites était employée non par lois, statuts ou règles, mais selon leur vouloir et franc arbitre. Se levaient du lit quand bon leur semblait, buvaient, mangeaient, travaillaient, dormaient quand le désir leur venait ; nul ne les éveillait, nul ne les parforçait ni à boire, ni à manger, ni à faire chose autre quelconque. Ainsi l'avait établi Gargantua. En leur règle n'était que cette clause :

FAIS CE QUE VOUDRAS,

» parce que gens libres, bien nés, bien instruits, conversant en compagnies honnêtes, ont par nature un instinct et aiguillon, qui toujours les pousse à être vertueux et les éloigne de vice, et qu'ils nommaient honneur. Iceux, quand par vile sujétion et contrainte sont déprimés et asservis, détournent la noble affection, par laquelle à vertu franchement tendaient, à déposer et enfreindre ce joug de servitude : car nous entreprenons toujours choses défendues et convoitons ce qui nous est dénié » (François Rabelais, *Gargantua*, chap. 57, Le Seuil, « L'intégrale », 1973, p. 202-203).

« L'éthique humaniste, contrairement à l'autre, peut aussi être définie selon des critères *matériel* et *formel*. Formellement, elle est fondée sur le principe que seul l'homme peut décider en quoi consiste la vertu et le péché, et que ce choix n'appartient pas à une autorité qui le transcende. Matériellement, elle s'appuie sur le principe que le "bien" est ce qui est bon pour l'homme et le "mal" ce qui lui est préjudiciable. *Le seul critère de valeur éthique est le bonheur de l'homme* » (Erich Fromm, *Un homme pour lui-même*, Éditions sociales françaises, 1967, p. 18).

« Mais, bien que la raison, lorsqu'elle est pleinement secondée et entièrement formée, suffise à nous instruire de la tendance nuisible ou utile des qualités et des actions, elle n'est pas, à elle seule, suffisante pour produire le blâme ou l'approbation en morale. L'utilité est seulement une tendance vers une certaine fin et, si la fin nous était totalement indifférente, nous ressentirions la même indifférence quant aux moyens. Il est nécessaire qu'un *sentiment* se manifeste ici, pour nous permettre de préférer les tendances utiles aux tendances nuisibles. Ce sentiment ne peut être autre qu'une sympathie éprouvée pour le bonheur des hommes et un déplaisir ressenti à leur malheur, puisque ce sont là les fins respectives que la vertu et le vice ont tendance à promouvoir. Ici donc, la *raison* nous informe des différentes tendances des actions et l'*humanité* produit une distinction en faveur de celles qui sont utiles et bénéfiques » (David Hume, *Enquête sur les principes de la morale*, appendice 1, GF Flammarion, 1991, p. 206-207 ; trad. de Ph. Baranger et Ph. Saltel).

4

A toi la belle vie

Qu'est-ce que je veux te dire en choisissant « Fais ce que voudras » comme devise fondamentale de cette éthique que nous essayons de cerner ? Tout simplement (mais cela risque de se compliquer à la longue) qu'il faut laisser tomber ordres et habitudes, récompenses et punitions, en un mot tout ce qui prétend te diriger de l'extérieur : c'est un problème que tu dois te poser de l'intérieur. Ne demande à personne ce que tu dois faire de ta vie : interroge-toi. Si tu veux savoir comment employer ta liberté au mieux, ne la gaspille pas en la mettant au service des autres, aussi bons, sages et respectables soient-ils : sur l'usage de ta liberté, interroge... la liberté.

Bien sûr, en garçon intelligent, tu auras sans doute relevé une certaine contradiction. Si je te dis « Fais ce que voudras », il semble que, de toute façon, je te donne un ordre – « fais cela et pas autre chose » –, même si c'est l'ordre d'agir librement. Quel ordre compliqué, quand on le regarde de près ! Si tu l'exécutes, tu lui désobéis (car, au lieu de faire ce que tu veux, tu fais ce que je t'ordonne), si tu lui désobéis, tu l'exécutes (car tu fais ce que tu veux au lieu de ce que je t'ordonne... et c'est justement ce que je t'ordonnais!). Non, je ne te propose pas de résoudre un casse-tête dans le genre de ceux qu'on trouve dans la rubrique « jeux » des magazines. J'essaie de mettre un peu d'humour pour ne pas être trop barbant, mais le problème est sérieux : il ne s'agit pas de *passer* le temps, mais de le *vivre* bien. L'apparente contradiction de ce « Fais ce que voudras » n'est qu'un reflet du problème essentiel de la liberté : nous ne sommes pas libres de ne pas être libres, nous sommes obligés de l'être. Et si tu décrétais que tu en as marre et que tu ne veux plus être libre ? Si tu décidais de te vendre comme esclave au plus offrant, ou de jurer que tu obéiras aveuglément à tel ou tel tyran ? Ma foi, tu agirais ainsi parce que tu l'aurais voulu, en usant de ta liberté et en suivant tes préférences, même si tu obéis à un autre et te laisses entraîner par la masse : tu ne renonceras pas à choisir, tu auras choisi de ne pas choisir par toi-même. C'est pourquoi Jean-Paul Sartre a dit que « nous sommes condamnés à la liberté ». Et pour cette condamnation, aucune remise de peine n'est possible...

Mon « Fais ce que voudras » n'est donc qu'une façon de t'encourager à affronter sérieusement le problème de ta liberté, car personne ne peut prendre à ta place la responsabilité *créatrice* de choisir ta voie. Ne te mets pas trop vite à hurler que tout ce cirque sur la liberté « n'en vaut pas la peine », car tu es libre, que tu le veuilles ou non, et ton rôle, que tu le veuilles ou non, consiste à *vouloir*. Tu auras beau dire que tu ne veux rien savoir et que ce sujet te casse les pieds, réclamer qu'on te fiche la paix, tu voudras encore quelque chose... tu voudras ne rien savoir, qu'on te fiche la paix, même au prix de devenir un peu plus moutonnier. Vouloir, tout est là, mon cher ! Mais ne confondons pas ce « Fais ce que voudras » avec les *caprices* dont nous avons parlé plus haut. Faire « ce que tu voudras » est une chose, et faire « la première chose qui te passe par la tête » en est une bien différente. Je reconnais que, dans certains cas, il suffit de désirer une chose : quand tu choisis d'aller manger au restaurant, par exemple. Puisque tu as la chance d'avoir un bon estomac et que tu n'as pas peur de grossir, vas-y, commande ce qui te fait envie... Mais attention à l'envie, tu risques de tout perdre au lieu de tout gagner. En voici un exemple.

Je ne sais pas si tu as lu la Bible. On y trouve des choses intéressantes et il n'est pas nécessaire d'être très religieux – tu sais que je ne le suis pas beaucoup – pour les apprécier. Dans le premier de ses livres, la Genèse, on raconte l'histoire d'Ésaü et de Jacob, fils d'Isaac. Ils étaient frères jumeaux, mais, Ésaü étant sorti le premier du ventre de sa mère, il bénéficiait du droit d'aînesse : être l'aîné en ce temps-là n'était pas anodin, cela signifiait qu'on hériterait tous les privilèges et tous les domaines du père. Ésaü aimait la chasse et l'aventure; Jacob préférait rester à la maison et préparer de savoureuses recettes. Un jour, Ésaü rentra de ses expéditions fatigué et affamé. Jacob avait préparé un succulent brouet de lentilles, et son frère, humant l'odeur du plat, en eut l'eau à la bouche. Il demanda à Jacob de l'inviter. Le frère cuisinier lui dit volontiers, mais pas gratuitement; il lui demanda en contrepartie son droit d'aînesse. Ésaü se dit: « Pour le moment, ce sont les lentilles qui m'intéressent. Je ne suis pas prêt d'hériter de mon père. Qui sait, je mourrai peut-être même avant lui ! » Et il accepta de céder ses futurs droits d'aînesse en échange des délicieuses lentilles de la minute présente. Elles devaient répandre un fumet vraiment délicieux, ces lentilles ! Inutile de dire que plus tard, la panse pleine, il se repentit de la mauvaise affaire qu'il avait conclue, ce qui créa pas mal de problèmes entre les deux frères (sans vouloir paraître sacrilège, j'ai toujours eu l'impression que Jacob était un drôle d'oiseau). Si tu veux savoir la fin de l'histoire, lis la Genèse. Ce que je t'ai raconté suffit largement à illustrer mon propos.

Mais je te sens un peu énervé, et je ne serais pas surpris que tu essaies de retourner cette histoire contre ce que je viens de te dire : « Ne viens-tu pas de me recommander une jolie maxime : "Fais ce que voudras" ? Et voilà le résultat : Ésaü voulait du potage, il s'est débrouillé pour l'avoir et, en définitive, il a perdu l'héritage. Tu parles d'une réussite ! » Oui, bien sûr, mais... ces lentilles étaient-elles *vraiment* ce qu'Ésaü voulait, ou simplement une envie passagère ? Après tout, la position d'aîné était à l'époque une situation rentable, tandis que les lentilles, on sait comment ça se passe : on s'en gave tant qu'on en a dans l'assiette... En toute logique, Ésaü voulait avant tout le droit d'aînesse, un droit destiné à améliorer considérablement son existence dans un avenir plus ou moins proche. Naturellement, il avait aussi très envie de manger ce brouet, mais, s'il avait réfléchi une minute, il aurait compris que ce second désir pouvait attendre un peu, dans la mesure où il ne l'empêchait pas d'obtenir l'essentiel. Les hommes veulent parfois des choses contradictoires qui provoquent des conflits. Il est essentiel de savoir établir des priorités et d'imposer une certaine hiérarchie entre ce qui plaît sur le coup et ce qu'on veut au fond, à long terme. Il n'y a qu'à demander son avis à Ésaü...

Le récit biblique comporte un détail important. Ce qui détermine Ésaü à choisir le brouet présent et à renoncer à l'héritage futur, c'est l'ombre de la mort ou, si tu préfères, le découragement engendré par la brièveté de la vie. « Comme je sais que je vais mourir de toute façon et peut-être avant mon père..., à quoi bon me creuser la cervelle pour déterminer ce qui me convient ?

Aujourd'hui, je veux des lentilles, et comme demain je serai mort, donnez-moi donc ces lentilles et qu'on n'en parle plus ! » Tout se passe comme si la certitude de la mort poussait Ésaü à penser que la vie *ne vaut plus la peine d'être vécue*, que plus rien n'a d'importance. Pourtant, si plus rien n'a d'importance, c'est à cause de la mort, pas de la vie. Tu te rends compte : *par peur de la mort, Ésaü décide de vivre comme s'il était déjà mort et que plus rien n'avait d'importance.* La vie est un tissu de temps, notre présent est plein de souvenirs et d'espérances, mais Ésaü vit comme s'il n'y avait pas d'autre réalité que cette odeur de lentilles qui lui chatouille les narines en ce moment, hors de tout passé et de tout avenir. Bien plus : notre vie est un tissu de relations humaines – nous sommes parents, enfants, frères, amis ou ennemis, héritiers ou légataires, etc. –, mais Ésaü décide que les lentilles (qui sont une *chose*, pas une *personne*) sont plus importantes pour lui que ces relations qui l'ont façonné. Et maintenant, une question : Ésaü fait-il réellement ce qu'il veut, ou la mort le maintient-elle en état d'hypnose, paralysant et détruisant sa volonté ?

Laissons Ésaü à ses caprices culinaires et à ses histoires de famille. Revenons à toi, le sujet qui nous occupe en ce moment. Si je te demande de faire ce que tu veux, ta première réaction doit être de t'interroger méthodiquement et à fond sur la signification de *ce que tu veux*. Tu as sans doute envie de beaucoup de choses, souvent contradictoires, comme tout le monde : tu veux avoir une moto, mais tu ne veux pas te rompre le cou sur la route, tu veux avoir des amis, mais sans perdre ton indépendance, tu veux de l'argent, mais sans être obligé de dominer ton prochain pour en avoir, tu veux savoir des choses et tu admets donc qu'il faut étudier, mais tu veux aussi t'amuser, tu veux que je te fiche la paix et que je te laisse vivre à ta fantaisie, mais aussi que je sois là pour t'aider quand tu en as besoin, etc. Bref, si tu devais résumer tout cela et exprimer en toute franchise ce que tu désires au fond de toi, tu me dirais : « Écoute, mon petit papa, ce que je veux, c'est *m'offrir la belle vie.* » Bravo ! Monsieur a décroché le premier prix ! C'est exactement ce que je voulais te conseiller : en te disant : « Fais ce que voudras », je voulais en définitive t'encourager à mener la belle vie. Et laisse tomber les tristes et les bigots, si je puis me permettre : l'éthique n'est pas autre chose que la tentative rationnelle de vivre mieux. Cela vaut le coup de s'intéresser à l'éthique si nous aimons la belle vie. Seul l'homme qui a vocation d'esclave ou peur de la mort au point de croire que rien n'a d'importance s'intéresse aux lentilles et vit en dépit du bon sens...

Tu veux t'offrir la belle vie : formidable. Mais tu ne veux pas que ce soit la belle vie d'un chou-fleur ou d'un scarabée, avec tout le respect que je porte à ces deux espèces, tu veux une belle vie *humaine.* Effectivement, je crois que c'est le mieux pour toi. Et je suis sûr que tu n'y renoncerais pour rien au monde. Être humain, nous l'avons déjà souligné, c'est avant tout être en relation avec d'autres humains. Si on t'offrait d'immenses richesses, une maison plus somptueuse que le palais des mille et une nuits, les meilleurs habits, les mets les plus fins (des lentilles à gogo!), les appareils les plus sophistiqués, etc., mais au prix de ne plus jamais voir un être humain ni d'être vu par lui, serais-tu content? Combien de temps vivrais-tu ainsi avant de devenir *fou*? Est-il plus grande folie que de vouloir des choses *au prix* de la relation avec les gens? Car le charme de toutes choses réside justement dans ce qu'elles permettent – en tout cas en apparence – d'avoir plus facilement des relations avec autrui! Par l'intermédiaire de l'argent, on espère éblouir ou acheter les autres; les habits leur plairont ou susciteront leur envie; une belle maison aussi, les meilleurs vins, etc. Sans parler des appareils : la vidéo et la télé, c'est pour mieux les voir, le Compact Disc pour mieux les entendre, et ainsi de suite. Peu de choses conservent leur charme dans la solitude; et si la solitude est complète et définitive, tout devient inévitablement amer. La belle vie humaine est une belle vie *entre êtres humains*, sinon, ce serait peut-être une vie, mais qui ne serait ni belle ni humaine. Tu vois où je veux en venir?

Les objets sont jolis ou utiles, les animaux (au

moins quelques-uns) sont gentils, mais nous les hommes, nous voulons être avant tout des humains, pas des outils ni des bestioles. Nous voulons aussi être *traités* comme des humains, car l'humanité dépend dans une grande mesure de ce que les uns font aux autres. Je m'explique : la pêche naît pêche, le léopard vient au monde léopard, mais l'homme ne naît pas homme et n'arrivera jamais à le devenir si les autres ne l'aident pas. Pourquoi ? Parce que l'homme n'est pas seulement une réalité biologique, naturelle (comme les pêches et les léopards), mais aussi une réalité *culturelle*. Il n'y a pas d'humanité sans apprentissage culturel et, pour commencer, sans la base de toute culture (ce qui constitue donc le fondement de notre humanité), à savoir le *langage*. Le monde dans lequel nous vivons, nous autres humains, est un monde linguistique, une réalité de symboles et de lois sans laquelle nous serions incapables de communiquer entre nous, et impuissants à capter la *signification* de ce qui nous entoure. Mais on ne peut apprendre à parler tout seul (comme on pourrait apprendre à manger ou à uriner – excuse le détail – tout seul), car le langage n'est pas une fonction naturelle et biologique de l'homme (bien qu'il s'appuie sur notre condition biologique, bien entendu), c'est une création culturelle héritée et apprise d'autres hommes.

C'est pourquoi parler avec quelqu'un et l'écouter, c'est le prendre pour un être humain, ou tout au moins le traiter comme tel. Ce n'est que le premier pas, bien sûr, car la culture qui nous humanise tous part du langage, mais n'est pas seulement langage. Il y a d'autres façons de montrer que nous nous *reconnaissons* en tant qu'êtres humains, certaines démonstrations de respect et d'égards que nous manifestons les uns pour les autres. Nous voulons tous être traités ainsi, sinon nous protestons. C'est pourquoi les filles se plaignent d'être assimilées à des femmes « objet », à de vulgaires ornements ou outils ; pour cette même raison, lorsque nous voulons invectiver quelqu'un, nous le traitons d'animal, comme si nous voulions lui rappeler qu'il renie les comportements de mise entre les hommes et que nous le paierons de même monnaie s'il continue sur la même voie. Dans tout cela, le plus important me paraît être ceci : l'humanisation (à savoir ce qui nous transforme en êtres humains, en ce que nous voulons devenir) est un processus *réciproque* (comme le langage, tu te rends compte !). Pour que les autres puissent me rendre humains, je dois aussi les rendre humains ; s'ils sont tous comme des choses ou des bêtes vis-à-vis de moi, je ne vaudrai jamais plus qu'une chose ou qu'une bête. C'est pourquoi *s'offrir une belle vie* n'est finalement pas très différent d'*offrir une belle vie*. Réfléchis deux secondes là-dessus, tu me feras plaisir.

Nous reviendrons sur cette question, en attendant, et pour finir ce chapitre d'une façon plus détendue, je te propose d'aller au cinéma. Si tu veux, nous pouvons aller voir un très beau film mis en scène et interprété par Orson Welles : *Citizen Kane*. Je te rappelle brièvement le scénario : Kane est un milliardaire sans scrupules qui a rassemblé dans son palais de Xanadu une impressionnante collection des choses les plus belles et les plus chères du monde. Il ne lui manque sans doute rien, et il utilise les gens de son entourage pour arriver à ses fins, comme des instruments au service de son ambition. Au terme de sa vie, il se promène seul dans les salons de sa demeure ornés de miroirs qui lui renvoient mille fois sa propre silhouette solitaire : seule son image lui tient compagnie. Il meurt enfin en murmurant un mot : « Rosebud ! » Un journaliste essaie de deviner le sens de ce dernier murmure, mais sans succès. En réalité, « Rosebud » est le nom écrit sur une luge avec laquelle Kane jouait quand il était enfant, à l'époque où il vivait encore entouré d'une affection qu'il rendait à ceux qui l'entouraient. Avec toutes ses richesses et tout le pouvoir accumulé aux dépens des autres, il n'avait rien pu acheter de mieux que ce souvenir enfantin. Cette luge, symbole de tendres relations humaines, c'était en réalité ce que Kane voulait, la *belle vie* qu'il avait sacrifiée pour obtenir des millions de choses qui, en réalité, ne lui servaient à rien. Et pourtant la plupart des gens l'enviaient... Tiens, allons au cinéma : nous continuerons demain.

La lecture n'est pas finie...

« Un jour, Jacob ayant fait cuire de quoi manger, Ésaü retourna des champs étant fort las ; et il dit à Jacob : "Donnez-moi de ce mets roux que vous avez fait cuire, parce que je suis extrêmement las." Jacob lui dit : "Vendez-moi donc votre droit d'aînesse." Ésaü lui répondit : "Je me meurs ; de quoi me servira mon droit d'aînesse ? – Jurez-le-moi donc !" lui dit Jacob. Ésaü le lui jura, et lui vendit son droit d'aînesse. Et ainsi ayant pris du pain et ce plat de lentilles, il mangea et but, et s'en alla, se mettant peu en peine de ce qu'il avait vendu son droit d'aînesse » (*Genèse*, XXV, 29 à 34, Laffont, coll. « Bouquins », 1990, p. 32 ; trad. de Lemaître de Sacy).

« Peut-être l'homme est mauvais parce que, la vie durant, il attend de mourir : et meurt mille fois dans la mort des autres et des choses.
» Car tout animal conscient d'être en danger de mort devient fou. Fou peureux, fou rusé, fou méchant, fou fuyant, fou servile, fou furieux, fou haineux, fou tortillard, fou assassin » (Tony Duvert, *Abécédaire malveillant*, Éd. de Minuit, 1989, p. 124).

« L'homme libre ne pense à rien moins qu'à la mort, et sa sagesse est une méditation non de la mort, mais de la vie » (Spinoza, *Éthique*, IVe partie, proposition LXVII, Gallimard, coll. « Bibliothèque de la Pléiade », 1954, p. 547 ; trad. de Roland Caillois).

« L'homme libre est celui dont la volonté est exempte d'arbitraire. Il croit à la réalité, c'est-à-dire au lien réel qui joint la dualité réelle du Je et du Tu. Il croit à sa Destinée et il croit qu'elle a besoin de lui... Ce qui arrivera ne ressemblera pas à ce que sa résolution imagine; mais ce qui adviendra n'adviendra que s'il est résolu à vouloir ce qu'il est capable de vouloir » (Martin Buber, *Je et tu,* Aubier, 1992, II⁰ partie, p. 93).

« Chacun de nous doit d'abord s'aimer soi-même avant d'aimer autrui. L'affirmation de sa vie personnelle, de son bonheur, de son développement, de sa liberté, chacun la porte enracinée dans sa faculté d'aimer, avec tout ce qu'elle implique » (Erich Fromm, *Un homme pour lui-même*, Éditions sociales françaises, 1967, p. 106).

5

Wake up, baby!

Petit résumé des chapitres précédents : Ésaü le chasseur, convaincu que plus rien n'a d'importance puisque le temps qui lui reste à vivre est ridiculement court, suit les conseils de son estomac et renonce à son droit d'aînesse pour un délicieux brouet de lentilles (Jacob fut généreux au moins sur ce point : il lui permit d'en reprendre). Le citoyen Kane, de son côté, consacra le plus clair de son temps à vendre les gens pour pouvoir s'acheter toutes sortes de choses ; à la fin de sa vie, il avoue qu'il échangerait volontiers son magasin rempli d'articles hors de prix pour le seul objet modeste – une vieille luge – qui lui rappelait une personne précise : lui-même avant de se lancer dans les affaires, quand il préférait aimer et être aimé plutôt que posséder et dominer.

Ésaü et Kane étaient convaincus de faire *ce qu'ils voulaient*, mais il semble qu'aucun d'eux n'ait réussi à s'offrir *une belle vie*. Et pourtant, si on leur avait demandé ce qu'ils désiraient vraiment, ils auraient répondu comme toi (ou moi, bien sûr) : « Je veux la belle vie. » Conclusion : ce que nous voulons (nous offrir la belle vie) est assez clair, mais la définition de cette « belle vie » l'est beaucoup moins. En effet, cela n'a rien d'une sinécure, ce n'est pas comme de vouloir des lentilles, des tableaux, des appareils électroménagers ou de l'argent. Tous ces désirs sont relativement *simples*, ils ne retiennent qu'un seul aspect de la réalité et n'offrent pas de perspective d'ensemble. Il n'y a rien de mal à vouloir des lentilles quand on a faim, naturellement : mais il n'y a pas que ça sur terre, il y a d'autres relations, des fidélités venues du passé, des espérances suscitées par l'avenir, tu sais, des tas de choses, tout ce que tu pourras imaginer. En un mot, l'homme ne vit pas que de lentilles. Pour en avoir, Ésaü a sacrifié trop d'aspects importants de sa vie, il l'a exagérément simplifiée. Il a agi, comme je te l'ai dit, sous l'influence de la mort imminente. La mort est une grande simplificatrice : quand tu vas passer l'arme à gauche, peu de choses restent importantes (le médicament qui peut encore te sauver, l'air qui consent à gonfler tes poumons peut-être une dernière fois…). La vie, en revanche, est toujours complexe et presque toujours *compliquée*. Si tu repousses toute complication et recherches la plus grande simplicité (donnez-moi donc ces lentilles!), au lieu de vivre plus et mieux, tu risques de mourir une bonne fois. Et nous avons bien dit que nous désirons avant tout la belle vie, pas la mort subite. Ésaü ne peut donc être un maître pour nous.

A sa manière, Kane simplifiait aussi la question. Contrairement à Ésaü, il n'était pas dépensier, mais économe et ambitieux. Il recherchait le pouvoir pour manipuler les hommes, et l'argent pour acquérir des objets, aussi jolis que possible et sûrement utiles. Tu sais, les gens peuvent gagner de l'argent et avoir la passion des choses belles et utiles, je n'ai rien contre. Je me méfie de ceux qui prétendent ne pas s'intéresser à l'argent et n'avoir besoin de rien. Je suis peut-être un drôle de pistolet, mais je n'aimerais pas me retrouver sans un rond, et si demain des voleurs cambriolent ma maison et emportent mes livres (à part ça, je ne vois pas ce qu'ils pourraient prendre), je trouverai la plaisanterie saumâtre. Cependant, le désir d'accumuler (de l'argent, des objets...) ne me paraît pas très sain non plus. A vrai dire, les choses que nous possédons nous possèdent aussi. Je m'explique. Un jour, un savant bouddhiste expliquait à son disciple ce que je suis justement en train de t'expliquer, et le disciple le regardait avec le drôle d'air (« ce type est *dingue* ») que tu avais sans doute en lisant cette page. Le savant demanda alors au disciple : « Qu'est-ce que tu préfères dans cette chambre ? » Le petit futé montra une superbe coupe en or et en ivoire qui devait coûter les yeux de la tête. « Soit, prends-la », dit le sage, et le garçon ne se le fit pas répéter deux fois, il saisit fermement l'objet précieux dans la main droite. « Fais attention à ne pas la lâcher, hein ! » observa le maître avec une certaine ironie ; puis il ajouta : « C'est tout ce qui te plaît ? » Le disciple reconnut que la bourse pleine de pièces sonnantes et trébuchantes posée sur la table n'était pas mal non plus. « Alors vas-y, elle est à toi ! » l'encouragea l'autre. Le garçon prit la bourse avec ferveur dans sa main gauche. « Et maintenant, qu'est-ce que je fais ? » demanda-t-il un peu nerveux au maître. Et le sage de répliquer : « Maintenant, gratte-toi ! » C'était impossible, bien sûr. Pourtant, on peut avoir besoin de se gratter à tout moment un endroit du corps... ou de l'âme qui vous démange ! Les mains occupées, on ne peut se gratter et on s'interdit beaucoup d'autres gestes. Ce que nous retenons fermement trouve toujours le moyen de nous retenir non moins fermement... Autrement dit, mieux vaut prendre garde de ne pas exagérer. En un sens, c'est ce qui est arrivé à Kane : il avait les mains et l'âme si occupées par ses possessions qu'il sentit soudain une démangeaison étrange et ne sut comment se gratter.

La vie est plus compliquée que ne se l'imaginait Kane, car les mains ne servent pas seulement à saisir, elles peuvent aussi gratter ou caresser. Mais l'erreur fondamentale de ce personnage était ailleurs, si je ne me trompe. Obsédé par l'idée d'accumuler objets et argent, il traita les gens comme s'ils étaient aussi des choses. C'était sa manière d'exercer son *pouvoir* sur eux. Simplification grave : en cela réside la plus grande complication de la vie ; les personnes ne sont pas des choses. Au début, il ne rencontra aucune difficulté : tout s'achète et se vend, donc Kane acheta et vendit aussi des personnes. Sur le moment, il ne vit pas la différence. On prend les choses et on les jette quand elles ne servent plus : Kane fit de même avec son entourage et tout semblait se passer très bien. De même qu'il possédait les choses, Kane décida de posséder aussi les personnes, de les dominer, de les manipuler à son gré. Il se comporta ainsi avec ses maîtresses, ses amis, ses employés, ses rivaux politiques, avec tout ce qui vivait autour de lui. Naturellement, il fit beaucoup de mal aux autres, mais le pire, de son propre point de vue (le point de vue d'une personne qui vraisemblablement voulait s'offrir la « belle vie », tu te rappelles), c'est qu'il s'abîma sérieusement. Je vais essayer d'éclaircir ce point, car il me semble de la plus haute importance.

Ne te fais pas d'illusions : une chose – fût-elle la meilleure au monde – ne peut donner que... *des choses*. Et si personne ne peut donner ce qu'il n'a pas (d'accord ?), à plus forte raison *rien* ne pourra jamais donner quelque chose. Les lentilles sont utiles pour calmer la faim, mais elles ne permettent pas d'apprendre le français, par exemple ; l'argent a de multiples usages, mais ne peut acheter une véritable amitié (à coups de millions, on peut s'entourer d'esprits serviles, de pique-assiette ou de sexe mercenaire, pas plus). Une caméra vidéo peut prêter une pièce à une autre caméra vidéo, mais elle ne peut lui donner un baiser... Si les hommes étaient de simples choses, ils se contenteraient de ce que les choses pourraient leur donner. Mais voici la complication dont je te parlais : *n'étant pas des choses pures, nous avons besoin de « choses » que les choses n'ont pas.* Quand nous traitons les autres comme des choses, à la façon de Kane, nous recevons d'eux en échange aussi des choses : en les pressurant, ils lâchent de l'argent, ils nous servent (comme des instruments mécaniques), sortent, entrent, se frottent contre nous ou sourient quand nous appuyons sur le bon bouton... Mais jamais ils ne nous donneront ces dons plus subtils que seules les personnes peuvent donner. Nous n'obtiendrons d'eux ni amitié ni respect, et encore moins de l'amour. Aucune chose (pas même un animal, car la différence entre sa condition et la nôtre est trop grande) ne peut nous offrir cette amitié, ce respect, cet amour... en un mot, cette *complicité* fondamentale qui n'apparaît qu'entre égaux et que toi, moi ou Kane, qui sommes des personnes, ne pouvons recevoir que des personnes que nous traitons comme telles. Cet aspect relationnel est important, car nous avons déjà dit que les humains s'humanisent les uns les autres. En traitant les personnes comme des personnes et non comme des choses (c'est-à-dire en tenant compte de ce qu'elles veulent ou nécessitent, et pas seulement de ce que je peux tirer d'elles), je leur permets de me donner ce que seule une personne peut accorder à une autre personne.

Kane avait oublié ce petit détail et soudain (mais trop tard) il s'était rendu compte qu'il avait tout sauf ce que seule une autre personne peut offrir : une estime sincère, une tendresse spontanée, une simple *compagnie intelligente*. Comme Kane ne paraissait se soucier que de son argent, les gens ne se souciaient que de l'argent de Kane. Le grand homme savait d'ailleurs que c'était sa faute. On peut parfois traiter les autres comme des personnes et ne recevoir que coups bas, trahisons ou abus. Certes. Mais nous pouvons au moins compter sur le respect d'*une* personne, même si c'est la seule : nous-même. En ne transformant pas les autres en choses, nous défendons au moins notre *droit* à ne pas être des choses pour les autres. Nous essayons de rendre le monde des personnes – ce monde où des personnes traitent les autres personnes comme telles, le seul dans lequel on peut vraiment *bien vivre* – viable. Je suppose que le désespoir du citoyen Kane à la fin de sa vie n'était pas seulement causé par la perte du tissu d'affections humaines de son enfance, mais par son obstination à le perdre et à avoir consacré sa vie à le détériorer. Non qu'il l'ait perdu, mais il s'était rendu compte qu'il ne le *méritait* même plus...

Tu me diras que le milliardaire Kane était sûrement envié par une foule de gens. Beaucoup de gens se disaient sûrement : « En voilà un qui sait vivre ! » Bon, et alors ? *Wake up, baby !* Les autres, de l'extérieur, peuvent envier quelqu'un sans savoir qu'au même moment celui-ci est en train de mourir d'un cancer. Tu préférerais faire plaisir aux autres et te priver de satisfactions ? Kane obtint tout ce qui, *lui avait-on dit*, rend une personne heureuse : argent, pouvoir, influence, serviteurs... avant de découvrir qu'en dépit de tout il lui manquait l'essentiel : l'affection authentique, le respect authentique et même l'amour authentique de personnes libres, de personnes qu'il aurait traitées comme des personnes et non comme des choses. Tu me diras que ce Kane était peut-être un peu bizarre, comme le sont souvent les héros des films. Beaucoup de gens se seraient contentés de vivre dans un tel palais et dans un tel luxe : la plupart, m'assureras-tu avec un parfait cynisme, auraient complètement oublié la luge *Rosebud*. Si ça se trouve, Kane était un peu dingue... Se sentir malheureux avec toutes les choses qu'il possédait, quel culot ! Tu n'as qu'à laisser les gens tranquilles et ne penser qu'à toi. La belle vie que tu veux, elle est dans le genre de celle de Kane ? Tu te contenterais du brouet de lentilles d'Ésaü ?

Ne réponds pas trop vite. Justement, l'éthique essaie de déterminer en quoi consiste *au fond*, au-delà de ce qu'on nous raconte ou de ce que nous voyons dans les pubs de la *télé*, cette fameuse belle vie que nous aimerions bien décrocher. Au point où nous en sommes, nous savons que la belle vie ne peut se passer des choses (nous avons besoin de lentilles, très riches en fer), mais encore moins se passer des gens. Il faut manier les choses comme des choses et traiter les personnes comme des personnes : ainsi, les choses nous aideront sous bien des angles, et les personnes sous un angle fondamental, irremplaçable, celui de vouloir être des *humains*. Cette ânerie, elle est de moi ou du citoyen Kane ? Car, en définitive, il n'est pas très important d'être des humains : que nous le voulions ou non, nous le sommes déjà forcément... Sans doute, mais on peut être un humain-chose ou un humain-humain, un humain simplement préoccupé de gagner les choses de la vie – toutes les choses, et plus il y en a, mieux c'est – ou un humain attaché à *jouir* de l'humanité vécue au milieu des gens ! De grâce, ne te *rabaisse* pas ; laisse les rabais aux grands magasins, c'est leur rayon.

A première vue, je suis d'accord, beaucoup de gens accordent peu d'importance à ce que je suis en train de dire. Faut-il leur faire confiance ? Sont-ce les plus intelligents ou seulement ceux qui négligent l'essentiel, leur vie ? On peut être intelligent en affaires ou en politique et un âne bâté dans des domaines plus sérieux, par exemple comment bien vivre. Kane était extraordinairement intelligent dans le domaine de l'argent et de la manipulation des gens, mais, en fin de compte, il a compris qu'il s'était trompé sur l'essentiel. Il s'était planté là où il aurait dû réussir. Je te répète un mot qui me semble fondamental en la matière : *attention*. Aucun rapport avec l'attention du hibou qui ne dit rien mais n'en perd pas une (tu connais la vieille plaisanterie ? Un homme va acheter un oiseau ; le vendeur lui montre un perroquet : « En voilà un qui sait parler. – Et celui-ci ? » demande le client en montrant un énorme hibou qui a les yeux écarquillés. « Lui, il ne dit rien, mais il n'en perd pas une ! »), il s'agit au contraire de la capacité de réfléchir sur ce qu'on fait et d'essayer de préciser autant que possible le sens de cette « belle vie » que nous voulons mener ; en s'épargnant de commodes mais dangereuses simplifications, en essayant de comprendre toute la complexité d'une telle vie (*humaine*, bien entendu).

Je crois que la condition éthique première et indispensable est de se résoudre à ne pas vivre n'importe comment : être convaincu que tout n'est pas sans importance, même si on doit mourir tôt ou tard. Quand on parle de « morale », les gens se réfèrent généralement aux ordres et aux habitudes qu'on respecte au moins en apparence, et parfois sans savoir très bien pourquoi. Or le véritable secret, au lieu de résider dans la soumission à un code ou dans l'opposition à l'ordre établi (manière aussi de se soumettre à un code, mais *à l'envers*), consiste peut-être à essayer de *comprendre*. Comprendre pourquoi certains comportements nous conviennent et pas d'autres, comprendre comment fonctionne la vie et ce qui peut la rendre « belle » pour les humains que nous sommes. Avant tout, pas question de se contenter d'*être considéré comme bon*, de *faire bonne figure* devant les autres, de recevoir leur *approbation*... Naturellement, pour y arriver, il ne faudra pas seulement être attentif à la façon du hibou ou avoir l'obéissance timorée d'un robot, mais aussi parler avec les autres, donner des arguments et en écouter. Toutefois, la décision à prendre est un effort solitaire : *personne ne peut être libre à ta place.*

Dans l'immédiat, je livre deux questions à ton appréciation. Voici la première : pourquoi ce qui est mal est *mal* ? La seconde est encore plus jolie : comment traiter des personnes comme des personnes ? Si tu continues de m'accorder ta patience, nous essaierons d'y répondre dans les deux chapitres suivants.

La lecture n'est pas finie...

« C'est la faiblesse de l'homme qui le rend sociable : ce sont nos misères communes qui portent nos cœurs à l'humanité, nous ne lui devrions rien si nous n'étions pas hommes. Tout attachement est un signe d'insuffisance : si chacun de nous n'avait nul besoin des autres, il ne songerait guère à s'unir à eux. Ainsi de notre infirmité même naît notre frêle bonheur. Un être vraiment heureux est un être solitaire : Dieu seul jouit d'un bonheur absolu ; mais qui de nous en a l'idée ? Si quelque être imparfait pouvait se suffire à lui-même, de quoi jouirait-il selon nous ? Il serait seul, il serait misérable. Je ne conçois pas que celui qui n'a besoin de rien puisse aimer quelque chose : je ne conçois pas que celui qui n'aime rien puisse être heureux » (Jean-Jacques Rousseau, *L'Émile*, livre IV, Gallimard, coll. « Bibliothèque de la Pléiade », 1969, p. 503).

« Quant à ceux-là chez qui une pauvreté fort affairée usurpe le nom de richesse, ils ont la richesse comme on dit que nous avons la fièvre, alors que c'est elle qui nous a » (Sénèque, *Lettres à Lucilius*, livres XIX-XX, lettre 119, 12, Laffont, coll. « Bouquins », 1993, p. 1067 ; trad. de H. Noblot, revue par P. Veyne).

« La Raison ne demande rien contre la Nature ; elle demande donc que chacun s'aime soi-même, qu'il cherche l'utile qui est sien, c'est-à-dire qui lui est réellement utile, et qu'il désire tout ce qui conduit réellement l'homme à une plus grande perfection ; et, absolument parlant, que chacun s'efforce, selon sa puissance d'être, de conserver son être. [...] A l'homme, rien de plus utile que l'homme ; les hommes, dis-je, ne peuvent rien souhaiter de supérieur pour conserver leur être que d'être tous d'accord en toutes choses, de façon que les esprits et les corps de tous composent pour ainsi dire un seul esprit et un seul corps, et qu'ils s'efforcent tous en même temps, autant qu'ils peuvent, de conserver leur être, et qu'ils cherchent tous en même temps ce qui est utile à tous. D'où suit que les hommes qui sont gouvernés par la Raison, c'est-à-dire les hommes qui cherchent sous la conduite de la Raison ce qui leur est utile, ne désirent rien pour eux-mêmes qu'ils ne désirent pour les autres hommes, et par conséquent sont justes, de bonne foi et honnêtes » (Spinoza, *L'Éthique*, IVe partie, scolie à la proposition XVIII, Gallimard, coll. « Bibliothèque de la Pléiade », 1954, p. 504-505 ; trad. de Roland Caillois).

6

Le grillon de Pinocchio

Sais-tu quelle est la seule *obligation* que nous ayons dans cette vie ? Celle de ne pas être des imbéciles. Le mot « imbécile » a plus de substance qu'il n'y paraît, ne t'y fie pas. Il vient du latin *baculus*, qui signifie « canne » : l'imbécile est celui qui a besoin d'une canne pour marcher. Allons, boiteux et vieillards, ne vous vexez pas, la canne en question n'est pas celle qu'on utilise très légitimement pour soutenir un corps affaibli par un accident ou par l'âge. L'imbécile peut être la souplesse incarnée et sauter comme une gazelle olympique, il ne s'agit pas de cela. Si l'imbécile boite, ce n'est pas des pieds, mais de l'âme : c'est son esprit qui est amoindri et bancal, même si son corps fait des cabrioles impeccables. Il y a plusieurs modèles d'imbéciles, au choix :

a) Celui qui croit ne rien vouloir, qui dit que tout lui est égal, qui vit dans un bâillement perpétuel ou dans une sieste permanente, même s'il a les yeux ouverts et ne ronfle pas.

b) Celui qui croit tout vouloir, la première chose qui se présente à lui et son contraire : à la fois partir et rester, danser et s'asseoir sur sa chaise, manger de l'ail et donner des baisers sublimes.

c) Celui qui ne sait pas ce qu'il veut et ne se soucie pas de le savoir. Il imite les velléités de ses voisins ou les contredit sans raison, tout ce qu'il fait est dicté par l'opinion majoritaire de son entourage : il est conformiste sans réflexion ou rebelle sans cause.

d) Celui qui sait ce qu'il veut, ce qu'il veut et pourquoi, mais mollement, d'une façon timorée et sans énergie. En définitive, cet imbécile finit toujours par faire ce qu'il ne veut pas, remettant inlassablement les choses au lendemain, escomptant qu'il aura alors un peu plus de tonus.

e) Celui qui veut avec force et férocité, un vrai barbare, mais s'étant abusé lui-même sur ce qu'est la réalité, il s'égare dangereusement et finit par confondre la belle vie avec ce qui va le réduire en bouillie.

Tous ces modèles d'imbéciles ont besoin d'une canne . ils ont besoin de s'appuyer sur un élément extérieur, étranger, qui n'a rien à voir avec la liberté ni la réflexion personnelle. Je regrette de dire que les imbéciles finissent généralement mal, quoi qu'en dise l'opinion générale. Quand je dis qu'ils « finissent mal », je ne veux pas dire qu'ils se retrouvent en prison ou grillés par la foudre (ces trucs n'arrivent qu'au cinéma), mais c'est ma façon de t'avertir qu'ils se font du mal et n'arrivent jamais à s'offrir la belle vie dont nous rêvons tellement, toi et moi. Et je suis d'autant plus désolé de te donner ces symptômes d'imbécillité que nous les avons presque tous ; en tout cas, je m'en déniche un presque tous les jours ! J'espère que tu sauras mieux inventer que moi... Conclusion : alerte ! En garde ! L'imbécillité est parmi nous et ne pardonne pas !

De grâce, ne confonds pas l'imbécillité dont je te parle avec le sens courant d'un « imbécile », à savoir un idiot qui ne sait pas grand-chose, ne comprend rien à la trigonométrie ou est incapable d'apprendre le subjonctif du verbe *aimer*. On peut être un imbécile en mathématiques *(mea culpa !)* et ne pas l'être en morale, c'est-à-dire pour la belle vie. Et inversement : certains sont des lumières en affaires et de parfaits crétins en éthique. Je suis sûr qu'il y a plein de prix Nobel, très intelligents dans leur spécialité, qui se mélangent les pinceaux dès qu'ils abordent le problème qui nous occupe. Bien sûr, pour éviter l'imbécillité dans un domaine quelconque, il faut être attentif, comme nous l'avons déjà dit dans le chapitre précédent, et s'efforcer d'apprendre. Ces conditions préalables sont valables pour la physique, l'archéologie et l'éthique. Mais vouloir une belle vie n'est pas savoir combien font deux et deux. C'est très joli de savoir combien font deux et deux, mais cela n'empêchera pas l'imbécile en morale de se retrouver les quatre fers en l'air. Au fait, maintenant que j'y pense... combien font deux et deux ?

Le contraire d'être moralement imbécile, c'est d'avoir *conscience*. Mais la conscience ne se gagne pas à la loterie et ne nous tombe pas du ciel. Évidemment, il faut reconnaître que certaines personnes ont depuis leur plus jeune âge une meilleure « oreille » éthique que d'autres, un « bon goût » moral spontané, mais cette « oreille » et ce « bon goût » peuvent s'affirmer et se développer par la pratique (comme l'oreille musicale et le bon goût esthétique). Et si une personne est totalement dépourvue d'« oreille » ou de « bon goût » dans le domaine de la belle vie ? Alors là, mon vieux, il est plutôt mal parti. De nombreuses raisons esthétiques, fondées sur l'histoire, l'harmonie des formes et des couleurs, et j'en passe, prouvent qu'un tableau de Vélasquez a une plus grande valeur artistique qu'un dessin des tortues Ninja. Mais si, après ces longues considérations, quelqu'un déclare préférer ce dessin aux *Ménines*, je me demande si on pourra le tirer de son erreur. De la même façon, si quelqu'un trouve normal de tuer un enfant à coups de marteau pour lui voler sa sucette, on deviendra aphone avant d'avoir pu le faire changer d'avis...

Bon, d'accord, pour avoir une conscience, il faut des qualités innées, comme pour apprécier la musique ou l'art. Je suppose aussi que certaines conditions sociales et économiques sont requises, car on peut difficilement exiger la même aptitude à comprendre ce qu'est la belle vie de celui qui est privé depuis le berceau du minimum humainement nécessaire et de celui qui a été plus favorisé. Si personne ne te traite comme un être humain, il n'est pas étonnant que tu évolues vers la bête... Mais, à mon avis, si tu as acquis un minimum, le reste dépend de l'attention et des efforts de chacun. A quoi ressemble cette conscience qui doit nous guérir de l'imbécillité morale ? En voici les traits essentiels :

a) Savoir que tout ne revient pas au même, car nous voulons réellement vivre, et qui plus est vivre bien, *humainement* bien.
b) Surveiller résolument si ce que nous faisons correspond à ce que nous voulons vraiment.
c) A partir de notre pratique, cultiver le *bon goût* moral qui développe notre *répugnance* à faire certaines choses (par exemple, avoir « horreur » de mentir comme on a en général horreur d'uriner dans la soupière avant de manger la soupe...).
d) Renoncer aux alibis qui cachent que nous sommes libres et donc raisonnablement *responsables* des conséquences de nos actes.

Comme tu le vois, la seule raison qui pousse à préférer tel comportement à tel autre, la conscience plutôt que l'imbécillité, c'est son propre intérêt.

Pourquoi ce que nous qualifions de mal est-il *mal* ? Pourquoi ne peut-on mener tranquillement la belle vie que nous souhaitons ? Faut-il en déduire que nous devons fuir le mal par une sorte d'*égoïsme* ? Exactement. Le mot « égoïsme » est assez mal vu : on traite d'« égoïste » celui qui ne pense qu'à lui-même et se moque éperdument des autres au point de leur marcher dessus sans scrupules s'il pense en tirer un bénéfice quelconque. En ce sens, le citoyen Kane est un « égoïste », comme Caligula, cet empereur romain qui pouvait commettre tous les crimes pour assouvir ses caprices les plus élémentaires. Ces personnages et d'autres dans leur genre, considérés comme des égoïstes (et du genre plutôt *monstrueux*), ne se distinguent évidemment pas par la délicatesse de leur conscience éthique ni par leurs efforts à éviter de faire le mal...

Mais ces prétendus « égoïstes » sont-ils aussi égoïstes qu'on veut bien nous le dire ? Qui est le véritable égoïste ? Je veux dire : qui est égoïste sans être un imbécile ? La réponse me paraît évidente : *celui qui veut le meilleur pour lui-même*. Et le meilleur, qu'est-ce que c'est ? Ma foi, ce que nous avons appelé la « belle vie ». Kane s'est-il offert une belle vie ? A en croire Orson Welles, on ne le dirait pas. Il s'est obstiné à traiter les gens comme des objets et s'est ainsi privé des cadeaux humainement les plus beaux de la vie, par exemple une affection sincère ou une amitié sans calcul. Quant à Caligula, n'en parlons pas ! Le pauvre garçon s'est infligé une vie impossible ! Les seuls sentiments sincères qu'il a suscités chez son prochain ont été la terreur et la haine. Il faut être un imbécile, moralement parlant, pour croire qu'il vaut mieux vivre entouré de terreur et de cruauté que d'amour et de reconnaissance ! Résultat, cet idiot de Caligula a été trucidé par ses propres gardes, comme de bien entendu : cet égoïste à la petite semaine s'imaginait pouvoir mener une belle vie à base de méfaits ! S'il avait réellement pensé à lui (autrement dit s'il avait eu une conscience), il aurait compris que les humains, pour bien vivre, ont besoin d'une chose que seuls les autres humains peuvent donner si elle est méritée, mais qu'il est impossible de *prélever* par la force ou la fourberie. Si ce quelque chose (respect, amitié, amour) est prélevé, il perd tout son bon goût et devient à la longue un venin. Les « égoïstes » comme Kane ou Caligula ressemblent aux candidats des jeux télévisés du style *Questions pour un champion* ou *Le Juste Prix* qui, en cherchant le gros lot, se trompent et choisissent une case qui ne rapporte rien...

Seul l'égoïste digne de ce nom sait vraiment ce qui lui convient pour bien vivre et s'efforce d'y arriver. Celui qui se gave de tout ce qui lui fait du mal (haine, caprices criminels, plats de lentilles achetés au prix des larmes, etc.) voudrait au fond être un égoïste, mais *il s'y prend mal*. Il appartient à la corporation des imbéciles et aurait besoin d'un peu de conscience pour s'aimer un peu mieux. Car le pauvre (pauvre milliardaire ou pauvre empereur, entre autres pauvres), croyant s'aimer, est si peu attentif à ce qui lui convient qu'il finit par se comporter comme s'il était son pire ennemi. Ainsi le reconnaît un illustre méchant de la littérature universelle, le Richard III de Shakespeare dans la tragédie du même nom. Pour devenir roi, le comte de Gloucester (qui sera finalement couronné sous le nom de Richard III) élimine tous les parents mâles qui s'interposent entre le trône et lui, enfants compris. Gloucester est très intelligent, mais contrefait, ce qui constitue une blessure constante pour son amour-propre; il s'imagine que le pouvoir royal compensera dans une certaine mesure sa bosse et sa patte folle, en inspirant ainsi le *respect* qu'il n'obtient pas par son aspect physique. Au fond, Gloucester veut être aimé, il se sent isolé par sa malformation et croit que l'affection peut *s'imposer*... par la force, grâce au pouvoir! Il échoue, bien sûr: il monte sur le trône, mais, au lieu d'inspirer de l'affection, il suscite l'horreur, puis la haine. Et le pire, c'est que lui-même, qui avait commis tous ses crimes par un amour de soi désespéré, retrouve maintenant cette horreur et cette haine contre lui-même: non seulement il n'a gagné aucun ami, mais il a perdu le seul amour qu'il croyait solide! C'est alors qu'il prononce le diagnostic effrayant et prophétique de son cas clinique:

« Je me lancerai avec un noir désespoir contre mon âme et je finirai par devenir l'ennemi de moi-même. »

Pourquoi Gloucester finit-il par devenir « l'ennemi de lui-même » ? N'a-t-il pas obtenu ce qu'il voulait, le trône ? Si, mais à quel prix ! Il a gâché sa véritable possibilité d'être aimé et respecté par ses compagnons humains. Un trône ne concède pas automatiquement l'amour ni le véritable respect : il garantit seulement l'adulation, la crainte et la servilité. Surtout quand on y est arrivé par des méfaits, comme c'est le cas de Richard III. Au lieu de compenser d'une façon quelconque sa déformation physique, Gloucester se déforme aussi *intérieurement*. Sa bosse et sa claudication n'étaient pas sa faute, il n'avait donc pas à rougir de ces coups du sort : c'était plutôt à ceux qui l'auraient méprisé ou brocardé pour ses malformations d'avoir honte. Extérieurement, les autres le voyaient contrefait, mais intérieurement il aurait pu se savoir intelligent, généreux et digne d'affection ; s'il s'était vraiment aimé, il aurait pu essayer d'extérioriser par sa conduite cet intérieur pur et droit, son véritable moi. Au contraire, ses crimes le transforment à ses propres yeux (quand il regarde en lui-même, là où il est son seul témoin) en une monstruosité plus répugnante que n'importe quelle difformité physique. Pourquoi ? Parce qu'il est responsable de ses bosses et de ses claudications morales, à la différence des autres, simples avatars de la nature. La couronne tachée de trahison et de sang ne le rend pas plus *aimable*, loin de là : il se sait maintenant moins digne d'amour que jamais et ne s'estime même plus. Traiterons-nous d'« égoïste » quelqu'un qui se fait un si gros bobo ?

Dans le paragraphe précédent, j'ai utilisé des mots austères qui ne t'ont peut-être pas échappé (sinon, tant pis) : des mots comme « faute » ou « responsable ». Ils rappellent ceux qu'on utilise pour parler des cas de conscience, n'est-ce pas ? Les obsessions du grillon de Pinocchio et de ses semblables. Je n'ai eu qu'à mentionner le plus « laid » de ses titres : *le remords*. Pas de doute, ce qui gâche l'existence de Gloucester et l'empêche de jouir de sa couronne et de son pouvoir, ce sont avant tout les remords de sa conscience. Et maintenant une question : sais-tu d'où viennent les remords ? Parfois, me répondras-tu, ce sont les reflets intimes de la *peur* éprouvée devant le châtiment que mérite – dans ce monde ou dans l'autre après la mort, s'il existe – notre mauvaise conduite. Et si Gloucester n'a pas peur de la juste vengeance des hommes, s'il ne croyait pas à l'existence d'un Dieu prêt à le condamner au feu éternel pour ses crimes ? Il continue pourtant d'être rongé par les remords... Incroyable : quelqu'un peut regretter d'avoir mal agi *même s'il est raisonnablement certain que rien ni personne ne va prendre des mesures de représailles contre lui*. Car en prenant conscience d'une mauvaise action, nous comprenons que nous sommes déjà punis, car nous nous sommes abîmés – un peu, beaucoup... – volontairement. Il n'est pire châtiment que de découvrir que nos propres actes boycottent ce que nous voulons réellement devenir...

D'où viennent les remords? Pour moi, c'est très clair : de notre *liberté*. Si nous n'étions pas libres, nous ne pourrions nous sentir coupables (ni fiers, bien sûr) de rien, et nous éviterions les remords. C'est pourquoi, quand nous savons que nous avons commis un acte *honteux*, nous essayons de prouver que nous n'avons pas pu faire autrement, que nous n'avons pas eu le choix : « J'ai exécuté les ordres de mes supérieurs », « j'ai vu que tout le monde faisait pareil », « j'ai perdu la tête », « c'était plus fort que moi », « je ne me suis pas rendu compte de ce que je faisais », etc. De la même façon, le petit enfant qui a fait tomber par terre et cassé le pot de confiture qu'il essayait de prendre en haut du placard s'écrie en pleurnichant : « C'est pas moi ! » Justement parce qu'*il sait que c'est lui* ; sinon, il n'en parlerait même pas, ou il en rirait. Mais s'il vient de réaliser un beau dessin, il proclame aussitôt : « Je l'ai fait tout seul, personne ne m'a aidé ! » De même, les adultes revendiquent toujours leur liberté pour s'attribuer le mérite de leurs réussites, mais préfèrent s'avouer « esclaves des circonstances » quand leurs actes n'ont rien de vraiment glorieux.

Débarrassons-nous en vitesse de ce grillon si casse-pieds : à vrai dire, je l'ai toujours trouvé antipathique, comme la fourmi de la fable, cet autre insecte détestable qui laisse la folle cigale sans nourriture ni abri en hiver juste pour lui donner une leçon, grossier individu. Il s'agit de prendre la liberté au sérieux, autrement dit d'être *responsable*. Et le sérieux de la liberté, c'est qu'elle a des *effets* indéniables, qu'on ne peut effacer à notre guise quand ils se produisent. Je suis libre de ne pas manger le gâteau qui est devant moi ; mais, après l'avoir mangé, je ne suis plus libre de l'avoir devant moi. Prenons un autre exemple, celui d'Aristote (tu sais, ce vieux Grec qui a inventé le bateau dans la tempête) : si j'ai une pierre dans la main, je suis libre de la conserver ou de la lancer, mais si je la jette, je ne peux pas lui ordonner de revenir pour l'avoir toujours dans la main. Et si je l'utilise pour défoncer le crâne de quelqu'un... pas besoin de te faire un dessin ! Le sérieux de la liberté, c'est que chacun de mes actes libres restreint mes possibilités futures quand j'opte pour l'une d'entre elles. Et inutile d'attendre le résultat, bon ou mauvais, pour en assumer éventuellement la responsabilité ! Cela peut abuser un observateur extérieur (c'est le but de l'enfant qui dit « c'est pas moi ! »), mais je ne pourrai jamais me leurrer complètement moi-même. Demande à Gloucester... ou à Pinocchio !

Le « remords » est donc ce mécontentement

que nous éprouvons vis-à-vis de nous-mêmes quand nous avons employé notre liberté à l'inverse de ce que nous voulons vraiment en tant qu'êtres humains. Et être responsable, c'est se savoir authentiquement libre, pour faire le bien ou le mal, assumer les conséquences de ses actions, réparer les dégâts dans la mesure du possible et profiter du bien au maximum. A la différence de l'enfant mal élevé et lâche, le responsable est toujours prêt à *répondre* de ses actes : « Oui, c'est moi qui l'ai fait ! » Si tu regardes bien le monde qui nous entoure, tu verras que les possibilités de décharger l'individu de ses responsabilités sont nombreuses. Quand les choses tournent mal, c'est la faute aux circonstances, à la société dans laquelle nous vivons, au système capitaliste, au caractère que j'ai (je suis comme ça !), à ma mauvaise éducation (j'ai été trop gâté), aux pubs de la *télé*, aux tentations exposées dans les vitrines, aux exemples irrésistibles et pernicieux... Je viens d'utiliser le mot clé de ces justifications : *irrésistible*. Tous ceux qui veulent démissionner de leurs responsabilités croient à l'irrésistible, aux dominations implacables, que ce soit la propagande, la drogue, l'appétit, la subornation, les menaces, la façon d'être... n'importe quoi. Dès lors qu'apparaît l'irrésistible, hop ! on perd sa liberté et on devient une marionnette dont on ne peut plus exiger de comptes. Les partisans de l'autoritarisme croient dur comme fer à l'irrésistible et sont partisans d'interdire tout ce qui peut asservir : quand la police aura extirpé toutes les tentations, il n'y aura plus ni délits ni péchés ! Ni liberté, bien sûr, mais, si on veut quelque chose, il faut y mettre le prix... Et il est rassurant de savoir que, s'il rôde encore quelques tentations, la responsabilité de celui qui y aura succombé sera dégagée et endossée exclusivement par qui ne les aura pas supprimées !

Et si je te disais que l'« irrésistible » n'est qu'une *superstition* inventée par ceux qui ont peur de la liberté ? Que toutes les institutions et théories qui trouvent des excuses à notre irresponsabilité préfèrent nous savoir esclaves qu'épanouis ? Que l'homme qui attend que les gens se tiennent correctement pour se comporter lui-même correctement est promis à un bel avenir de crétin, de fripon, ou même des deux, phénomène assez fréquent ? Qu'on aura beau nous imposer interdictions et policiers à la pelle pour nous encadrer, nous pourrons toujours mal agir – c'est-à-dire contre nous-mêmes – si nous le *voulons* ? Eh bien voilà qui est fait, je te l'ai dit, avec toute la conviction dont je suis capable.

Un grand poète et romancier argentin, Jorge Luis Borges, fait au début d'un de ses contes la réflexion suivante sur un de ses ancêtres : « Comme tous les hommes, il eut la malchance de vivre à une mauvaise époque. » En effet, *personne* n'a jamais vécu à une époque où il était facile d'être simplement un homme et de mener la belle vie. Il y a toujours eu de la violence, des rapines, de la lâcheté, de l'imbécillité (les deux, la morale et l'autre), des mensonges acceptés comme des vérités parce qu'ils sont agréables à entendre… La belle vie humaine n'est jamais *offerte* sur un plateau et personne n'obtient ce qui lui convient sans y consacrer courage et efforts : voilà pourquoi *vertu* dérive étymologiquement de *vir*, la force virile du guerrier qui s'impose au combat contre le plus grand nombre. Tu trouves cela dommage ? Tu n'as qu'à demander le cahier des réclamations… La seule chose que je puisse t'assurer, c'est que personne n'a jamais vécu au pays de Cocagne et que la décision de bien vivre, chacun la prend face à soi-même, jour après jour, sans attendre une conjoncture favorable et sans se faire supplier par le reste de l'univers.

Le fondement de la responsabilité, pour tout dire, n'est pas seulement l'audace et l'honnêteté d'assumer ses propres gaffes sans chercher des excuses à droite et à gauche. La personne responsable est consciente de la *réalité* de sa liberté. Et de la souveraineté de ses décisions. La responsabilité, c'est de savoir que chacun de mes actes me construit, me définit, m'*invente*. En choisissant ce que je veux faire, je me *transforme* peu à peu. Chacune de mes décisions laisse une trace en moi, avant de la laisser dans le monde qui m'entoure. Et, bien sûr, après avoir employé ma liberté à me façonner un visage, je ne peux plus me plaindre ni m'effrayer de ce que je vois dans le miroir quand je m'y regarde... Si j'agis bien, j'aurai de plus en plus de difficultés à agir mal (et inversement, hélas!) : l'idéal est donc de prendre la mauvaise habitude... de bien vivre. Quand le héros d'un western a la possibilité de tirer sur le méchant par-derrière et qu'il dit : « Je ne *peux* pas faire ça », nous comprenons tous ce qu'il veut dire. Tirer, au sens propre, serait très possible, mais ce n'est pas dans ses habitudes. Il n'est pas le « bon » de l'histoire pour rien! Il veut rester fidèle au personnage qu'il a décidé d'être, au personnage qu'il s'est fabriqué librement depuis belle lurette.

Excuse-moi de ce chapitre un peu long, mais je me suis laissé emporter, et j'avais tellement de choses à te dire! Restons-en là et reprenons des forces, car, demain, j'envisage de t'expliquer comment traiter les personnes comme des personnes, c'est-à-dire avec réalisme ou, si tu préfères, avec bonté.

La lecture n'est pas finie...

« O lâche conscience, comme tu me tortures!
Les lumières brûlent bleu; c'est à présent la morte mi-nuit.
De froides gouttes de sueur se figent sur ma tremblante chair.
De quoi ai-je peur? De moi-même? Il n'y a personne
  d'autre ici;

Richard aime Richard, à savoir, Moi et Moi.
Y a-t-il un meurtrier ici ? Non. Si, moi !
Alors fuyons. Quoi, me fuir moi-même ? Pour quelle raison,
De peur que je me venge ? Quoi, moi-même de moi-même ?
Hélas, j'aime moi-même ? Pourquoi ?
Pour m'être fait du bien à moi-même ?
O non, hélas, je me déteste plutôt
Pour les actes détestables commis par moi-même.
Je suis un scélérat – non, je mens, je n'en suis pas un !
Bouffon, de toi-même parle honnêtement. Bouffon, ne te flatte pas.
Ma conscience a mille langues différentes,
Et chaque langue raconte une histoire différente,
Et chaque histoire me condamne comme scélérat :
Parjure, parjure au plus haut degré ;
Meurtre, atroce meurtre au plus cruel degré ;
Absolument tous les péchés, tous commis au suprême degré,
Se pressent à la barre, et crient tous : "Coupable, coupable !"
C'est à désespérer ! Pas une créature ne m'aime,
Et si je meurs, pas une âme n'aura pitié de moi...
Pourquoi en aurait-on, puisque moi-même
Je ne trouve en moi-même aucune pitié pour moi-même ? »
(William Shakespeare, *Richard III*, acte V, scène III, Solin, 1984, p. 215-216 ; trad. de J.-M. Déprats.)

« *"Ne fais pas à autrui ce que tu ne voudrais pas que l'on te fît à toi-même"*, tel est l'un des principes fondamentaux de l'éthique. Il est aussi juste d'affirmer : *"Ce que tu fais aux autres, tu te le fais à toi-même également"* » (Erich Fromm, *Un homme pour lui-même*, Éditions sociales françaises, 1967, p. 171).

« La gratitude est, en vérité, notre bien propre, au même titre que la justice, qui ne se rapporte pas exclusivement, ainsi que le veut le vulgaire, à l'intérêt d'autrui : une bonne part de ce qui émane d'elle reflue sur elle. Il n'est pas de cas où, en obligeant autrui, on ne s'oblige soi-même. Je ne me fonde pas sur cette raison qu'ainsi l'on s'assurera l'aide et la protection de celui que l'on a aidé et défendu, que le bon exemple remonte par le détour jusqu'à son auteur – tout comme les mauvais exemples retombent sur ceux dont ils partent, tout comme la commisération se refuse à ceux qui pâtissent d'injustices qu'ils ont montrées faisables en les faisant –, je dis que les vertus portent en elles-mêmes leur prix : ce n'est pas pour une prime à gagner qu'elles se pratiquent. Le salaire d'un bel acte accompli, c'est de l'avoir accompli » (Sénèque, *Lettres à Lucilius*, livre X, lettre 81, 19, Laffont, coll. « Bouquins », 1993, p. 839-840 ; trad. de H. Noblot, revue par P. Veyne).

7

Mets-toi à sa place

Robinson Crusoé se promène sur une plage de l'île où son naufrage consécutif à une tempête funeste l'a rejeté. Son perroquet sur l'épaule, il se protège du soleil grâce à une ombrelle fabriquée à partir de feuilles de palmier, objet dont il est très fier. Étant donné les circonstances, il peut se dire qu'il ne s'en est pas trop mal sorti. Il a maintenant un refuge pour se mettre à l'abri des intempéries et des bêtes sauvages, il sait où trouver de quoi manger et boire, il a confectionné des habits à partir d'éléments trouvés dans l'île, il dispose des bons et loyaux services d'un petit troupeau de chèvres, etc. Bref, il s'est arrangé pour mener à peu près la belle vie d'un naufragé solitaire. Robinson continue sa promenade et est si content de lui qu'il va bientôt croire qu'il ne manque de rien. Soudain, il sursaute. Là, sur le sable blanc, il découvre une trace qui va révolutionner sa paisible existence : l'empreinte d'un pied humain.

A qui appartient-il ? Ami ou ennemi ? Un

ennemi qu'il pourrait convertir en ami? Un homme ou une femme? Comment s'entendra-t-il avec lui ou elle? Comment le *traitera*-t-il? Robinson a l'habitude de se poser des questions depuis son arrivée dans l'île, et de résoudre les problèmes le plus ingénieusement possible : que manger? où me réfugier? comment me protéger du soleil? Mais la situation n'est pas la même, car il n'est plus confronté à des événements naturels, comme la faim ou la pluie, ni à des bêtes sauvages, mais à un autre être humain : un autre Robinson, d'autres Robinsons ou Robinsonnes. Face aux éléments ou aux bêtes, Robinson n'a eu à se soucier que de sa survie; le plus fort l'emportait, ce n'était pas compliqué. Mais, avec des êtres humains, les choses ne sont pas si simples. Il doit survivre, certes, mais pas *par n'importe quel moyen*. Si Robinson est devenu un fauve comme ceux qui hantent la forêt, conséquence de sa solitude et de son infortune, son seul souci sera de déterminer si l'inconnu de l'empreinte est un ennemi à éliminer ou une proie à dévorer. Mais s'il veut rester un homme.. Alors il n'aura plus affaire à une proie ou à un simple ennemi, mais à un rival ou à un éventuel compagnon; dans tous les cas, à un *semblable*.

Tant qu'il est seul, Robinson est confronté à des problèmes techniques, mécaniques, hygiéniques et même scientifiques, pour tout dire. Il s'agit pour lui de *sauver sa peau* dans un milieu hostile et inconnu. Mais, en découvrant l'empreinte de Vendredi dans le sable de la plage, il aborde les problèmes *éthiques.* Il ne s'agit plus seulement de survivre, comme un fauve ou un artichaut, au cœur de la nature ; il doit désormais *vivre humainement*, autrement dit avec ou contre d'autres hommes, mais *parmi* les hommes. La vie devient « humaine » au contact des êtres humains, dès qu'on leur parle, qu'on les approuve ou qu'on leur ment, si on est respecté ou trahi, en aimant, en échafaudant des projets ou en évoquant le passé, quand on se lance un défi, quand on organise une vie commune, en jouant, en échangeant des symboles... L'éthique se moque de savoir comment se nourrir le mieux possible, quelle est la meilleure façon de se protéger du froid, comment franchir un fleuve à gué sans se noyer, autant de problèmes certes très importants pour survivre dans des circonstances bien précises ; ce qui intéresse l'éthique, ce qui constitue sa *spécialité*, c'est comment bien vivre la vie humaine, la vie qui se déroule entre humains. Si on ne sait pas comment se débrouiller pour surmonter les dangers naturels, on y laisse sa peau, ce qui est sans aucun doute fâcheux ; mais si on n'a aucune idée de l'éthique, on perd ou on gaspille le côté humain de sa vie, et cela, franchement, n'est guère plus réjouissant.

Je t'ai dit plus haut que l'empreinte dans le sable annonçait à Robinson le voisinage compromettant d'un *semblable.* Mais dans quelle mesure Vendredi était-il le semblable de Robinson ? D'un côté, nous avons un Européen du XVIIe siècle, détenteur des connaissances scientifiques les plus avancées de son époque, élevé dans la religion chrétienne, familier des mythes homériques et de l'imprimerie ; de l'autre, un sauvage cannibale des mers du Sud, sans autre culture que la tradition orale de sa tribu, pratiquant une religion polythéiste et ignorant l'existence des grandes villes contemporaines comme Londres ou Amsterdam. Tout les séparait : la couleur de la peau, les goûts culinaires, les passe-temps... A coup sûr, ils ne rêvaient pas des mêmes choses. Et pourtant, malgré tant de différences, il y avait aussi entre eux des traits identiques, des ressemblances essentielles que Robinson ne partageait avec aucun fauve, aucun arbre, aucune source de l'île. Pour commencer, tous deux *parlaient*, même si leurs langues étaient très différentes. Pour eux, le monde était fait de symboles reliés entre eux, pas de simples choses sans nom. Par ailleurs, l'un et l'autre étaient capables d'*évaluer* les comportements, ils savaient que certaines choses sont « bien » et d'autres sont au contraire « mauvaises ». A première vue, ce que tous les deux considéraient comme « bon » et « mauvais » était loin d'être pareil, car leurs évaluations concrètes provenaient de cultures très éloignées : le cannibalisme, par exemple, était une coutume raisonnable et acceptée par Vendredi, tandis qu'elle éveillait chez Robinson – comme chez toi, je suppose, tout goinfre que tu sois – l'horreur la plus profonde. Et cependant, ils pensaient tous les deux qu'il existe des *critères* pour définir l'acceptable et l'horrible. Même s'ils partaient de positions très éloignées, ils *pouvaient* discuter et comprendre de quoi ils débattaient. C'est beaucoup plus qu'on ne peut attendre d'un requin ou d'une chute de pierres, tu ne trouves pas ?

Tout cela est très joli, me diras-tu, mais les hommes ont beau être semblables, on ne sait pas toujours comment se comporter avec eux. Si l'empreinte que Robinson trouve dans le sable est celle d'un membre de la tribu cannibale qui prétend le manger à l'étouffée, il ne réagira sans doute pas avec cet inconnu comme avec le mousse du navire qui viendra finalement le récupérer. Justement, quand les hommes me ressemblent, ils me paraissent plus *dangereux* que n'importe quelle bête féroce ou qu'un tremblement de terre. Il n'est de pire ennemi qu'un ennemi intelligent, capable de concevoir des plans minutieux, de tendre des pièges ou de m'abuser de mille façons. Le mieux serait peut-être de prendre les devants et d'être le premier à l'aborder, en l'attaquant ou en lui tendant une embuscade, comme s'il était effectivement déjà un *ennemi* éventuel... Cependant, cette attitude n'est pas aussi prudente qu'il y paraît à première vue : en me comportant comme un ennemi avec mes semblables, j'augmente fatalement les possibilités d'en faire aussi mes ennemis ; et, par-dessus le marché, je perds l'occasion de gagner leur amitié ou de la conserver, s'ils étaient primitivement disposés à me l'offrir.

Voici un autre comportement possible vis-à-vis de nos dangereux semblables. Marc Aurèle était un empereur romain, philosophe par surcroît, phénomène assez rare, car les gouvernants s'intéressent en général peu à tout ce qui n'est pas absolument pratique. Cet empereur notait les conversations qu'il avait avec lui-même, dans lesquelles il se donnait des conseils et se secouait les puces. Il écrivait souvent des trucs de ce genre (je cite de mémoire, donc ne le prends pas au pied de la lettre) : « En te levant aujourd'hui, dis-toi que dans le courant de la journée tu rencontreras au moins un menteur, un voleur, un adultère et un assassin. N'oublie pas que tu dois les traiter comme des hommes, car ils sont aussi humains que toi et te sont donc aussi indispensables que la mâchoire inférieure l'est à la supérieure. » Pour Marc Aurèle, le plus important chez les hommes n'est pas de savoir si leur conduite est convenable, mais si – en tant qu'humains – ils lui *conviennent*, ce qu'il ne doit jamais oublier en s'adressant à eux. Si mauvais soient-ils, leur humanité est liée à la mienne et la renforce. Sans eux, je pourrais peut-être vivre, mais pas humainement. Même si j'ai des fausses dents et deux ou trois caries, il est toujours plus agréable à l'heure du repas d'avoir une mâchoire inférieure pour aider la supérieure...

Il faut dire que cette analogie d'intelligence, de capacité de calcul et de projet, de passions et de peurs, qui rend parfois les hommes si dangereux, les rend aussi éminemment *utiles*. Quand un être humain *me botte*, rien ne peut me botter davantage. Voyons, tu crois qu'il y a mieux que d'être *aimé*? Celui qui veut de l'argent, du pouvoir, un prestige…, ne convoite-t-il pas ces richesses pour pouvoir acheter la moitié de ce qu'un autre reçoit *gratuitement* parce qu'il est aimé? Et qui peut m'aimer vraiment, à part un être dans mon genre, fonctionnant comme moi, m'aimant *parce que je suis humain*…, et malgré cela? Aucune bête, si affectueuse soit-elle, ne peut me donner autant qu'un être humain, même antipathique. Certes, je dois prendre des *précautions* avec les hommes, à tout hasard. Mais ces « précautions » n'ont rien à voir avec la méfiance ou la malice, elles relèvent plutôt des attentions qu'on a en manipulant des objets fragiles, les objets les plus fragiles qu'on puisse imaginer… car ce ne sont pas de simples *objets*. Les rapports de respect et d'amitié entre humains étant à mes yeux d'être humain ce qu'il y a de plus précieux au monde, je dois absolument veiller à les entretenir, à les *bichonner*, pour tout dire. Même quand il s'agit de sauver sa peau, il vaut mieux ne pas oublier complètement cette priorité.

Marc Aurèle, qui était empereur et philosophe, et le contraire d'un imbécile, savait pertinemment ce que tu sais déjà : qu'il y a des gens qui volent, qui mentent et qui tuent. Naturellement, il ne croyait pas que se comporter bien avec son prochain l'obligeait à encourager de tels comportements. Mais il avait clairement conscience de deux choses qui me paraissent essentielles.

Premièrement : qui vole, ment trahit, viole, tue ou abuse son prochain d'une façon ou d'une autre ne cesse pas pour autant d'être un humain. Et le langage est trompeur, car, en apposant le titre infamant (« C'est un voleur », « c'est une menteuse », « c'est un criminel »), nous risquons d'oublier que nous sommes en présence d'êtres qui restent humains, même s'ils se comportent d'une façon peu recommandable. Et celui qui « a pu » se rendre détestable peut encore redevenir, en tant qu'humain, une personne que nous trouverons charmante, indispensable...

Deuxièmement : une des caractéristiques principales de tous les humains, c'est la capacité d'*imitation*. La plupart de nos comportements et de nos goûts sont calqués sur autrui. C'est pourquoi nous sommes éducables et étudions inlassablement les découvertes des hommes du passé, sous toutes les latitudes. Tout ce que nous appelons « civilisation », « culture », etc., contient un peu d'invention et beaucoup d'imitation. Si nous n'étions pas si copieurs, chacun devrait constamment repartir de zéro. C'est pourquoi l'*exemple* que nous donnons à nos congénères sociaux est si important : dans la plupart des cas, ils nous traiteront comme ils auront été traités. Si nous semons l'hostilité à la tonne, même en douce, nous avons toutes les chances de recevoir de l'hostilité en échange. Certes, même si on donne le bon exemple, les autres ont toujours sous les yeux une ribambelle de mauvais exemples à imiter. Dans ces conditions, à quoi bon se mettre martel en tête et renoncer aux avantages immédiats dont bénéficient souvent les canailles ? Marc Aurèle te répondrait : « Tu trouves sage d'augmenter le nombre déjà considérable des méchants, de ceux dont tu n'as pas grand-chose de positif à attendre, et de décourager la minorité des meilleurs qui, eux, peuvent faire tellement pour ta belle vie ? Il serait plus logique de semer ce que tu veux récolter plutôt que l'inverse, même en sachant que l'ivraie peut anéantir ta récolte. Préfères-tu suivre le comportement de ces fous qui peuplent le monde, plutôt que de défendre la sagesse et en montrer les avantages ? »

Mais étudions d'un peu plus près le comportement de ces gens que nous qualifions de « mauvais », c'est-à-dire ceux qui traitent les autres humains en ennemis au lieu de rechercher leur amitié. Tu te souviens sûrement de *Frankenstein*, ce film interprété par cet attendrissant monstre entre les monstres qu'était Boris Karloff. Nous voulions le voir ensemble à la *télé* quand tu étais jeune, mais j'ai dû éteindre le poste, car, m'as-tu dit avec une franchise élégante, « j'ai l'impression que ça commence à me faire *trop* peur ». Or, dans le roman de Mary W. Shelley dont le film s'est inspiré, la créature composée de pièces et de morceaux de cadavres fait cet aveu à son inventeur repenti : « Je suis méchant parce que je suis malheureux. » A mon avis, la plupart des soi-disant « méchants » de ce bas monde pourraient en dire autant s'ils étaient sincères. Ils sont hostiles et impitoyables envers leurs semblables, car ils ont peur, se sentent seuls, ou manquent du nécessaire que les autres possèdent : une source de malheurs, comme on le verra. Ou souffrent du plus grand des malheurs, celui de ne recevoir de la plupart ni amour ni respect, comme c'était le cas pour l'infortunée créature du docteur Frankenstein, à qui seuls un aveugle et une fillette manifestèrent leur amitié. Personne à ma connaissance n'est méchant par bonheur ou martyrise son prochain pour exprimer sa joie. A la rigueur, beaucoup ont besoin, pour être contents, de *ne pas savoir* les multiples souffrances qui les entourent et dont ils sont parfois les complices. Mais l'ignorance, même si elle est contente d'elle-même, est aussi une forme de malheur...

Plus on est heureux et content, moins on a envie d'être méchant ; en ce cas ne serait-il pas plus sage de favoriser au maximum le bonheur des gens au lieu de les rendre malheureux et si enclins au mal ? Celui qui contribue au malheur d'autrui ou ne fait rien pour l'empêcher... le recherche. Qu'il ne vienne pas se plaindre ensuite de tous les méchants qui se promènent en liberté ! A court terme, traiter ses semblables en ennemis (ou en victimes) peut paraître *avantageux*. Le monde est plein de « voyous » ou d'infâmes canailles qui se croient très malins quand ils profitent de la bonté des autres ou de leurs malheurs. Franchement, je ne les trouve pas si « malins » que ça. Le plus grand *avantage* que nous puissions tirer de nos semblables n'est pas la possession d'un plus grand nombre de choses (ou la domination d'un plus grand nombre de personnes traitées comme des choses, comme des instruments), mais *la complicité et l'affection d'un plus grand nombre d'êtres libres*. Autrement dit, l'élargissement et le renforcement de mon *humanité*. « Et à quoi ça sert ? », demandera le chenapan, croyant atteindre des sommets d'astuce. Tu peux lui répondre : « Ça ne *sert* pas à ce que tu crois. Seuls les *esclaves* servent et je t'ai déjà dit que nous parlons des êtres *libres*. » Le problème d'un filou, c'est qu'il ignore que la liberté ne sert pas et n'aime pas être servie, qu'elle cherche même au contraire la *contagion*. Pauvre type, il a beau se croire riche en biens matériels, il a une mentalité d'esclave !

Et le filou se met à soupirer, tout tremblant, soudain ramené à la dimension d'un simple garnement : « Mais si je ne profite pas des autres, c'est les autres qui vont profiter de moi ! » C'est une question de souris esclaves et de lions libres, sauf le respect que je dois à ces deux espèces zoologiques. Première différence entre l'individu né souris et l'individu né lion : la souris se demande : « Qu'est-ce qui va m'arriver ? » Et le lion : « Qu'est-ce que je vais faire ? » Deuxième différence : la souris veut obliger les autres à l'aimer pour arriver à s'aimer elle-même, le lion s'aime, ce qui l'aide à aimer les autres. Troisième différence : la souris est prête à tout pour empêcher les autres de se retourner contre elle, et le lion considère qu'il bénéficie aussi du bien fait aux autres. Être souris ou être lion : telle est la question ! Pour le lion, il est clair – « ténébreusement clair », comme disait le poète Antonio Machado – que le premier lésé, quand je cherche à léser mon semblable, c'est justement moi... dans ce que j'ai de plus précieux, de moins *servile*.

Le moment est venu de poser une question (par la bande, en tournant autour du pot, nous ne parlons que de cela depuis des pages) dont nous avons trop longtemps différé la réponse : que signifie traiter des personnes comme des personnes, c'est-à-dire humainement ? Réponse : cela signifie *essayer de se mettre à leur place*. Reconnaître son semblable implique surtout la possibilité de le comprendre *de l'intérieur*, d'adopter son point de vue l'espace d'un instant. Je ne peux en faire autant avec une chauve-souris ou un géranium qu'en étant très romanesque, mais c'est en revanche très possible avec les êtres qui savent manier des symboles comme moi. En fin de compte, chaque fois que nous *parlons* avec quelqu'un, nous traçons un cadre dans lequel celui qui est « moi » sait qu'il deviendra « toi » et vice versa. Si nous n'admettions pas qu'il existe fondamentalement une certaine égalité entre nous (la possibilité d'être pour un autre ce que l'autre est pour nous), nous ne pourrions pas *échanger* un seul mot. Échanger, c'est accepter d'appartenir dans une certaine mesure à la personne qui est *en face*, et inversement... Même si je suis jeune et l'autre vieux, même si je suis un homme et l'autre une femme, même si je suis blanc et l'autre noir, même si je suis bête et l'autre intelligent, même si je suis en bonne santé et l'autre malade, même si je suis riche et l'autre pauvre. « Je suis humain – dit un ancien poète latin – et rien de ce qui est humain ne m'est étranger. » Autrement dit, avoir conscience de mon humanité, c'est me rendre compte qu'en dépit de toutes les différences réelles entre les individus j'habite aussi, dans une certaine mesure, *l'intérieur* de chacun de mes semblables. D'abord en tant que *mot*...

Et pas seulement pour m'entretenir avec eux, bien entendu. Se mettre à la place de l'autre est le début de toute communication symbolique avec autrui, mais c'est aussi une façon de prendre en compte ses *droits*. Et si ses droits n'apparaissent pas, il faut comprendre ses *raisons*. C'est le droit de tout homme, même le pire de tous, face aux autres hommes : il a le droit qu'on se mette à sa place pour comprendre ce qu'il fait et ce qu'il ressent. Même pour le condamner au nom de lois que toute société doit admettre. En un mot, te mettre à la place de l'autre, c'est *le prendre au sérieux*, le considérer comme aussi pleinement *réel* que toi. Tu te souviens de notre vieil ami Kane ? Ou de Gloucester ? Ils se sont pris tellement au sérieux, ils ont tellement écouté leurs désirs et leurs ambitions qu'ils ont agi comme si les autres n'étaient pas réels, comme s'ils étaient de simples marionnettes, des fantômes, profitant d'eux quand ils avaient besoin de leur collaboration, les détruisant ou les tuant quand ils ne leur étaient plus d'aucune utilité. Ils n'ont pas fait le moindre effort pour se mettre à leur place, pour *relativiser* leur intérêt propre afin de prendre en compte aussi l'intérêt d'autrui. Tu as vu comme cela leur a réussi.

Je ne veux pas te dire qu'il est mal d'avoir des *intérêts* propres, ni qu'il faille toujours y renoncer pour donner la priorité à ceux de ton voisin. Les tiens sont évidemment aussi respectables que les siens, et tout le reste est littérature. Mais examine bien le mot « intérêt » : il vient du latin *inter esse*, ce qui est entre plusieurs, ce qui met différentes personnes en relation. Quand je parle de « relativiser » ton intérêt, je veux dire que cet intérêt ne t'appartient pas exclusivement en propre, comme si tu vivais seul dans un monde de fantômes, il te met en contact avec d'autres réalités aussi « vraies » que toi-même. Tous les intérêts que tu peux avoir sont donc relatifs (fonction d'autres intérêts, des circonstances, des lois et des coutumes de la société dans laquelle tu vis), à l'exception d'un seul, l'intérêt *absolu* : l'intérêt d'être un être humain parmi d'autres, d'émettre et de recevoir des sentiments d'humanité sans lesquels il ne peut y avoir de « belle vie ». Quel que soit l'intérêt que tu portes à quelque chose, réfléchis bien, le mieux pour toi est d'arriver à te mettre à la place de ceux avec qui ton intérêt t'a mis en rapport. Et en te mettant à leur place, tu deviens capable d'écouter leurs raisons et de partager dans une certaine mesure leurs passions et leurs sentiments, leurs douleurs, leurs désirs et leurs joies. Il s'agit d'éprouver de la *sympathie* pour l'autre (ou, si tu préfères, de la *compassion*, car les deux mots ont une étymologie semblable, l'un dérivant du grec, et l'autre du latin), d'être en un sens à l'unisson avec lui, surtout de ne pas le laisser seul avec ses pensées ou ses sentiments. De reconnaître que nous sommes faits de la même pâte, un mélange d'idées, de passions et de chair. Ou, comme l'a dit Shakespeare d'une façon plus belle et plus profonde : tous les humains sont faits de la matière dont on tisse les rêves. Débrouillons-nous pour montrer que nous sommes conscients de cette parenté.

Prendre l'autre au sérieux, autrement dit savoir se mettre à sa place pour reconnaître dans la pratique qu'il est aussi réel que soi, ne veut pas dire qu'il faut toujours lui donner raison quand il réclame ou fait quelque chose. Ni qu'il faille se comporter avec lui, aussi réel et semblable qu'il puisse te paraître, comme si vous étiez *identiques*. Le dramaturge et humoriste Bernard Shaw disait : « Ne fais pas toujours aux autres ce que tu voudrais qu'ils te fassent : ils peuvent avoir des goûts différents. » Les hommes sont sans aucun doute semblables, et l'idéal serait qu'un jour nous soyons égaux (dans les circonstances postérieures à notre naissance, et devant la loi), mais nous ne sommes évidemment pas identiques et n'avons aucune raison de l'être. Je vois d'ici l'ennui général et la torture universelle ! Se mettre à la place de l'autre, c'est faire un effort d'objectivité pour voir les choses comme il les voit, ne pas *rejeter* l'autre et prendre sa place... Il doit donc continuer d'être lui, et toi d'être toi. Le premier droit humain est le droit de ne pas être une photocopie de nos congénères, de sortir un peu de l'*ordinaire*. Et on n'a pas le droit d'obliger l'autre à rentrer dans cet « ordinaire » pour son bien, sauf si son attitude consiste à nuire méthodiquement à son prochain...

Je viens d'écrire le mot « droit » et je crois l'avoir déjà utilisé. Sais-tu pourquoi ? Parce que l'art difficile de se mettre à la place de son prochain est lié en grande partie à ce que, depuis l'Antiquité, on appelle la *justice*. Mais je ne pense pas seulement à la justice en tant qu'*institution publique* (les lois établies, les juges, les avocats, etc.), je pense aussi à la *vertu* de la justice, à savoir l'habileté et l'effort que nous devons tous fournir – si nous voulons bien vivre – afin de comprendre ce que nos semblables peuvent *attendre* de nous. Les lois et les juges essaient d'imposer un minimum exigible par les gens qui cohabitent dans la société, mais il s'agit juste d'un minimum. Souvent, notre comportement reste au fond *injuste,* tout *légal* qu'il soit, même s'il respecte les codes, ne mérite pas d'amende ou ne nous vaut pas la prison. Toute loi écrite n'est qu'une abréviation, une simplification – souvent imparfaite – de ce que ton semblable peut attendre concrètement de *toi,* et non de l'État ou de ses juges. La vie est trop complexe et délicate, les gens sont trop différents, les situations trop diverses, trop *intimes,* pour que les livres de jurisprudence puissent tout enregistrer. Et s'il est vrai que personne ne peut être libre à ta place, personne ne peut être juste pour toi si tu n'as pas compris que tu dois l'être pour bien vivre. Pour sentir vraiment ce que l'autre attend de toi, le seul moyen est de l'*aimer* un peu, au moins parce qu'il est aussi un être humain... et cet amour, petit mais essentiel, aucun décret, aucune loi ne peut l'imposer. Bien vivre, c'est savoir rendre une justice sympathique, ou manifester une compassion juste.

Voilà encore un chapitre interminable ! Mais

j'ai une excuse : c'était le plus important. Dans ces dernières pages, j'ai voulu te décrire les fondements de l'éthique. Oserai-je te demander, si tu n'es pas saturé, de le relire avant d'aller plus avant ? Remarque, tu peux refuser parce que tu es un peu fatigué... Tu vois, je me mets à ta place !

La lecture n'est pas finie...

« Il advint qu'un jour, vers midi, comme j'allais à ma pirogue, je fus excessivement surpris en découvrant le vestige humain d'un pied nu parfaitement empreint sur le sable. Je m'arrêtai court, comme frappé de la foudre, ou comme si j'eusse entrevu un fantôme. J'écoutai, je regardai autour de moi, mais je n'entendis rien ni ne vis rien » (Daniel Defoe, *Robinson Crusoé*, Gallimard, coll. « Folio junior », 1991, p. 229 ; trad. de Petrus Borel).

« Toute vie véritable est rencontre » (Martin Buber, *Je et tu,* Ire partie, Aubier, 1992, p. 30).

« Uni à ses semblables par le plus fort de tous les liens, celui du destin commun, l'homme libre trouve qu'une vision nouvelle l'accompagne toujours, qui projette la lumière de l'amour sur les tâches quotidiennes. La vie de l'homme est une longue marche à travers la nuit, entouré d'ennemis invisibles, torturé par la fatigue et la douleur, vers une destination que peu de gens peuvent espérer atteindre, et où personne ne peut s'arrêter longtemps. L'un après l'autre, à leur rythme, nos camarades disparaissent de notre vue, happés par les ordres muets de la Mort toute-puissante. Nous disposons d'un temps très court pour les aider, le temps que se décident leur bonheur ou leur misère.

Profitons-en pour illuminer leur chemin, soulager leurs peines avec les bienfaits de la sympathie, leur donner la joie pure d'une affection indéfectible, ranimer leur courage défaillant, leur redonner foi dans les moments difficiles » (Bertrand Russell, « A Free Man's Worship » [« Le credo d'un homme libre »], article de 1902 recueilli dans *Mysticism and Logic*, Londres, Unwin Paperbacks, 1989).

« Le plus sombre, le plus austère zélateur de la vertu, le plus farouche ennemi du plaisir, tout en te recommandant les travaux, les veilles et les macérations, ne manque jamais de t'ordonner en même temps d'alléger de tout ton pouvoir les privations et les ennuis des autres et il estime louable, au nom de l'humanité, l'aide et la consolation apportées par l'homme à l'homme. Si l'humanité, cette vertu qui est plus que toute autre naturelle à l'homme, consiste essentiellement à adoucir les maux des autres, à alléger leurs peines et, par là, à donner à leur vie plus de joie, c'est-à-dire plus de plaisir, comment la nature n'inciterait-elle pas aussi tout un chacun à se rendre le même service à lui-même ? » (Thomas More, *L'Utopie*, livre second, GF Flammarion, 1987, p. 174 ; trad. de Marie Delcourt).

8
Bien du plaisir

Imagine qu'on t'annonce que tel ami ou amie a été arrêté pour « conduite immorale » sur la voie publique. Sois tranquille, son « immoralité » n'a pas consisté à brûler un feu rouge, à proférer un énorme mensonge en pleine rue ou à voler un portefeuille au milieu d'une foule. Très certainement, ton énergumène d'ami a voulu tâter d'une façon trop appuyée l'arrière-train des belles nanas qu'il croisait sur son chemin, ou bien ta copine écervelée avait quelques verres dans le nez et elle a décidé de montrer aux passants qu'il ne manquait rien à son anatomie. Et si une personne « respectable » (comme si les autres ne l'étaient pas !) te déclare sur un ton sévère que tel film est « immoral », tu sais qu'elle ne pense ni aux assassinats ni aux personnages louches et pleins de fric qu'on y voit, mais à... Allons, tu vois très bien à quoi elle pense.

Quand les gens parlent de « morale », et surtout d'« immoralité », quatre-vingts fois sur cent – et encore, je suis modeste –, leur sermon concerne le *sexe*. Au point que certains s'imaginent que la morale sert avant tout à s'occuper de ce que les gens font de leurs parties génitales. C'est une belle ânerie et je suis sûr que tu n'es pas de cet avis, même si tu as suivi distraitement mes raisonnements. Le sexe en soi n'est pas plus « immoral » que la nourriture ou les promenades à la campagne; naturellement, on peut se comporter d'une façon immorale avec le sexe (en l'utilisant pour nuire à quelqu'un, par exemple), de la même façon que d'autres mangent le sandwich du voisin ou profitent de leurs promenades pour organiser des attentats terroristes. Bien entendu, la relation sexuelle pouvant créer des liens très forts et entraîner d'infinies complications affectives entre les gens, il est logique d'insister tout particulièrement sur les *égards* dus à ses semblables dans ce domaine. Pour le reste, je te dirai très nettement que je ne vois rien de mal à ce que deux personnes jouissent ensemble sans nuire à un tiers. Le « mal », c'est de voir le mal dans cette jouissance… En effet, nous n'« avons » pas seulement un corps, comme on dit (presque avec résignation), mais nous *sommes* aussi un corps, et si nous ne lui donnons aucun plaisir ni bien-être, il n'y aura pas de belle vie qui tienne. Celui qui rougit des capacités de jouissance de son corps est aussi bête que celui qui a honte d'avoir appris la table de multiplication.

Évidemment, l'une des fonctions essentielles

du sexe est la *procréation*. Ce n'est pas à toi que je l'apprendrai, toi qui es mon fils ! Et cette conséquence ne peut pas être prise à la légère, car elle impose des obligations indiscutablement éthiques : reporte-toi, si tu l'as oublié, à ce que je t'ai déjà dit de la *responsabilité,* le revers inéluctable de la liberté. Mais l'expérience sexuelle ne peut se limiter à la *fonction* procréatrice. Chez les êtres humains, les dispositifs naturels assurant la perpétuation de l'espèce ont des dimensions que la biologie paraît ne pas avoir prévues. On leur ajoute des symboles et des raffinements, précieuses inventions de cette liberté sans laquelle les hommes ne seraient pas des hommes. Paradoxalement, ceux qui voient dans le sexe quelque chose de « mal », ou du moins de « trouble », prétendent que s'y adonner avec trop d'enthousiasme ravale l'homme à l'état de l'*animal*. A vrai dire, ce sont justement les animaux qui n'emploient le sexe que pour procréer, de même qu'ils n'utilisent la nourriture que pour s'alimenter ou l'exercice physique que pour conserver la santé ; les humains, eux, ont inventé l'érotisme, la gastronomie et l'athlétisme. Le sexe est un outil de reproduction chez les hommes, comme chez les cerfs et les daurades ; mais il produit beaucoup d'autres effets chez les hommes, par exemple la poésie lyrique et l'institution matrimoniale, inconnues des daurades et des cerfs (je ne sais s'ils doivent le déplorer ou s'en réjouir). Plus le sexe s'écarte de la simple procréation, moins il est animal et plus il devient humain. Les conséquences qui en découlent sont naturellement bonnes et mauvaises, comme chaque fois que la liberté est en jeu... Mais je t'ai soumis ce problème presque depuis la première page de ce pensum.

Ce qui se cache derrière toute cette obsession sur l'« immoralité » sexuelle est tout simplement une des plus vieilles craintes sociales de l'homme : *la peur du plaisir*. Et comme le plaisir sexuel est parmi les plus intenses et les plus vifs qu'on puisse ressentir, il est entouré de méfiances et de précautions non moins grandiloquentes. Pourquoi le plaisir fait-il peur ? Sans doute parce qu'il nous plaît exagérément. Au cours des siècles, les sociétés ont toujours cherché à empêcher les individus de laisser leur corps s'exprimer n'importe quand, au point d'oublier travail, prévision de l'avenir et défense du groupe : à la vérité, on n'est jamais aussi heureux de vivre que lorsqu'on jouit, mais, si on oublie tout le reste, on risque de ne pas rester en vie très longtemps. L'existence humaine a été de tout temps et à tout moment un jeu *dangereux* : cela vaut pour les premières tribus regroupées autour du feu il y a des milliers d'années comme pour les citadins qui tentent aujourd'hui de traverser la rue pour aller acheter le journal. Le plaisir nous *distrait* parfois plus que de raison, ce qui peut nous être fatal. C'est pourquoi les plaisirs ont toujours été traqués par des tabous et des restrictions, soigneusement rationnés, permis à certaines dates uniquement, etc. : ces précautions sociales (qui persistent parfois même quand elles ne sont plus nécessaires) sont destinées à rappeler aux gens le danger de vivre.

Par ailleurs, il y a aussi ceux qui ne jouissent qu'en empêchant les autres de jouir. Ils ont tellement peur de ne pouvoir résister au plaisir et s'angoissent tellement à l'idée de ce qui peut leur arriver s'ils succombent un jour aux séductions du corps qu'ils deviennent des *calomniateurs* professionnels du plaisir : renoncez au sexe, gare à la nourriture et à la boisson, méfiez-vous du jeu, bannissez rires et fêtes de cette vallée de larmes, et patati et patata. Surtout, ne les écoute pas. Toute chose peut finir par faire mal ou faire le mal, mais *aucune chose n'est mauvaise parce que tu as pris plaisir à la faire.* On appelle les calomniateurs professionnels du plaisir des « puritains ». Sais-tu ce qu'est un puritain ? Une personne qui reconnaît une bonne chose à ce que nous n'avons aucun plaisir à la faire ; une personne qui trouve toujours plus méritoire de souffrir que de jouir (quand, en réalité, il est parfois plus méritoire de *bien* jouir que de souffrir *mal*). Et je t'ai gardé le pire pour la fin : le puritain croit que la personne qui vit *bien* doit le supporter très *mal*, et qu'être *mal* est la preuve qu'on vit *bien*. Naturellement, les puritains se prennent pour les gens les plus « moraux » du monde et les gardiens de la moralité de leurs voisins. Tu vas peut-être croire que j'exagère, mais je le dis quand même : le malappris modèle courant est plus « décent » et plus « moral » que le puritain officiel. Leur modèle est en général l'héroïne de l'histoire suivante (tu la connais peut-être) : une femme avait appelé la police pour protester, car des garçons se baignaient tout nus devant chez elle. La police éloigna les jeunes gens, mais la dame les rappela en disant qu'ils se baignaient (encore et toujours nus) un peu plus haut, et que le scandale continuait. De nouveau la police les délogea, et de nouveau la dame protesta. « Mais, madame, dit l'inspecteur, nous les avons éloignés de plus d'un kilomètre et demi... » Et la puritaine de répondre, « vertueusement » indignée : « Peut-être, mais avec mes jumelles, je les vois encore ! »

Comme à mon sens il n'y a pas d'attitude plus opposée à l'éthique que le puritanisme, tu ne m'entendras pas prononcer un mot contre le plaisir, et je n'essaierai évidemment pas *de te faire rougir* d'une façon quelconque, ne serait-ce qu'un tout petit peu, de ton avidité à jouir le plus possible de ton corps et de ton âme. Je suis même prêt à te répéter avec la plus grande conviction le conseil d'un vieux maître français que je te recommande, Michel de Montaigne : « Il faut retenir avec toutes nos dents et nos griffes l'usage des plaisirs de la vie que nos ans nous arrachent des poings les uns après les autres. » Je veux relever deux choses de cette citation de Montaigne. La première apparaît à la fin de la recommandation et dit que les années nous enlèvent progressivement toutes possibilités de jouissance, il n'est donc pas sage de trop attendre pour se régaler. Si tu attends trop, tu risques de laisser passer le temps du régal... Il faut savoir savourer le présent, ce que les Romains (et le prof poète un peu ennuyeux du *Cercle des poètes disparus*) résumaient dans le fameux *carpe diem*. Cela ne veut pas dire que tu doives rechercher dès aujourd'hui tous les plaisirs, tu dois seulement *rechercher tous les plaisirs d'aujourd'hui*. Le plus sûr moyen de gâter les jouissances du présent est de *tout* vouloir à chaque instant, les plaisirs les plus démesurés et les plus irréalisables. Ne t'obstine pas à introduire de force des plaisirs inadaptés aux circonstances ; cherche plutôt à apprécier ce qui t'est offert. Par exemple, ne laisse pas refroidir ton œuf au plat parce que tu veux avoir absolument un hamburger alors que ce n'est pas le moment, et ne tord pas le nez sur le hamburger qu'on t'a servi parce qu'il manque du *ketchup*... Rappelle-toi que le plaisir ne vient pas de l'œuf, ni du hamburger, ni de la sauce, mais de la façon dont tu *sauras* jouir de ce qui t'entoure.

Ce qui me ramène au début de la phrase de Montaigne que je t'ai citée, quand il parle de s'accrocher avec les dents et les griffes « à l'usage des plaisirs de la vie ». Il est bon d'user des plaisirs, autrement dit de toujours exercer un certain contrôle sur eux pour qu'ils ne se retournent pas contre ta propre existence. Rappelle-toi que quelques pages plus haut, à propos d'Ésaü et de son ragoût de lentilles, nous avons parlé de la *complexité* de la vie, et recommandé, pour bien la vivre, de ne pas la simplifier outre mesure. Le plaisir est très agréable, mais il a une fâcheuse tendance à l'exclusivité : si tu t'y adonnes trop généreusement, il peut te dépouiller de tout sous prétexte de te régaler. L'*usage* des plaisirs, comme dit Montaigne, c'est ne permettre à aucun d'entre eux de t'empêcher d'accéder à tous les autres, et à aucun de te cacher entièrement le *contexte* très riche de la vie dans laquelle toutes les occasions sont possibles. La différence entre « user » et « abuser » réside justement en ceci : quand tu uses d'un plaisir, tu l'enrichis et tu enrichis ta vie, et la vie elle-même te plaît de plus en plus ; tu sens que tu abuses quand tu t'aperçois que le plaisir appauvrit ta vie et que tu ne t'intéresses plus qu'à ce plaisir précis. Autrement dit, le plaisir, au lieu d'être un ingrédient agréable qui donne sa plénitude à la vie, devient un refuge pour lui *échapper*, pour te cacher d'elle et la calomnier plus à ton aise...

Nous avons parfois des expressions du genre « je meurs de plaisir ». Tant qu'il s'agit d'une expression figurée, il n'y a rien à objecter, car un des effets bénéfiques du plaisir intense est de *dissoudre* tous les carcans de la routine, de la peur et de la banalité qui nous envahissent et nous encombrent souvent plus qu'ils nous protègent ; en perdant ces cuirasses, nous avons l'impression de « mourir » vis-à-vis de ce que nous sommes habituellement, mais de renaître aussi plus forts et plus enthousiastes. C'est pourquoi les Français, fins spécialistes en la matière, appellent l'orgasme *la petite mort*... Il s'agit d'une « mort » pour vivre plus et mieux, qui nous rend plus sensibles, plus tendrement ou sauvagement passionnés. Cependant, d'autres fois, le plaisir obtenu menace de nous tuer au sens le plus littéral et irrémédiable du mot. Ou il tue notre santé et notre corps, ou il nous abrutit en tuant notre humanité, nos égards envers les autres et tout ce qui constitue notre vie. Je ne vais pas nier que certains plaisirs méritent qu'on *risque* notre vie. L'« instinct de conservation » à tout prix est très bien, mais il n'est qu'un instinct. Et les humains vivent au-delà des instincts, sinon la vie manquerait d'intérêt. Du point de vue du médecin ou du trouillard professionnel, certains plaisirs nous font du *mal* et supposent un *danger*, alors que pour d'autres qui, comme moi, ont une vision moins clinique des choses, ils restent très respectables et dignes de considération. Cependant, permets-moi de me méfier de tous les plaisirs dont le charme essentiel semble être le « mal » et le « danger » qu'ils offrent. Que tu « meures de plaisir » est une chose, que le plaisir consiste à mourir – ou à s'exposer « à mourir » – en est une autre... Quand un plaisir te tue, ou quand il est toujours – pour t'apporter le plaisir – sur le point de te tuer ou de tuer en toi ce qu'il y a d'humain dans ta vie (ce qui la rendait si riche et complexe et te permettait de te mettre à la place des autres)..., c'est un *châtiment* déguisé en plaisir, un vil piège de notre ennemie la mort. L'éthique consiste à parier que la vie vaut la peine d'être vécue, jusque dans ses peines, car c'est à travers celles-ci que nous pouvons atteindre les plaisirs de la vie, toujours voisins – c'est le destin – des douleurs. Donc, si tu as la bonté de me faire choisir entre les peines de la vie et les plaisirs de la mort, je choisis sans l'ombre d'une hésitation les premières... justement parce que j'aime avant tout jouir, et non périr ! Je ne veux pas des plaisirs qui me permettent de *m'évader* de la vie, je veux ceux qui me la rendent plus intensément agréable.

Et maintenant, la question à dix mille francs : quel est le plus beau *cadeau* qu'on puisse recevoir dans la vie ? Quelle est la plus belle récompense que nous puissions obtenir d'un effort, d'une caresse, d'un mot, d'une musique, d'une connaissance, d'une machine ? Et d'une montagne d'argent, du prestige, de la gloire, du pouvoir, de l'amour, de l'éthique ou de toute autre chose ? Tu vas voir, la réponse est si simple qu'elle risque de te décevoir : *le maximum que nous puissions obtenir de quoi que ce soit, c'est la joie*. Tout ce qui mène à la joie a une justification (au moins d'un point de vue, même s'il n'est pas absolu), et tout ce qui nous éloigne implacablement de la joie est un cul-de-sac. Qu'est-ce que la joie ? Un « oui » spontané à la vie qui jaillit de nous, parfois au moment où nous nous y attendons le moins. Un « oui » à ce que nous sommes, ou plus exactement à ce que nous *croyons* être. Celui qu'habite la joie a déjà reçu le plus bel hommage et ne regrette rien ; celui qui ne connaît pas la joie – même s'il est sage, beau, sain, riche, puissant, saint, etc. – est un misérable à qui il manque l'essentiel. Voici donc ce que j'en déduis : le plaisir est formidable et désirable quand nous savons le mettre au service de la joie, mais pas quand il la trouble ou la compromet. La limite négative du plaisir n'est pas la douleur, ni même la mort, mais la joie : dès que nous la perdons pour une satisfaction déterminée, à coup sûr nous jouissons de ce qui ne nous convient pas. Il faut dire que la joie – je me demande si tu vas me comprendre, mais je ne vois pas comment le dire plus clairement – est une expérience qui embrasse plaisir et douleur, mort et vie ; c'est l'expérience qui *accepte* définitivement le plaisir et la douleur, la mort et la vie.

L'art de mettre le plaisir au service de la joie, c'est-à-dire de la vertu qui sait ne pas tomber du goût dans le dégoût, est appelé depuis des temps anciens la *tempérance*.

Il s'agit d'un talent fondamental de l'homme libre, qui n'est plus très à la mode aujourd'hui : on voudrait le remplacer par l'*abstinence* radicale ou par l'*interdiction* policière. Plutôt que de bien user d'une chose dont on pourrait mal user (c'est-à-dire abuser), les gens nés pour être des robots préfèrent y renoncer complètement et, si possible, se la voir interdire de l'extérieur, pour qu'ainsi leur volonté n'ait pas à s'exercer. Ils se méfient de tout ce qui leur plaît ; pis encore, ils croient aimer ce dont ils se méfient. « Empêchez-moi d'entrer au casino, sinon j'y jouerai toute ma paie ! Ne me donnez pas un *joint* à fumer, je deviendrai un esclave sordide de la drogue ! Etc. » Ils me rappellent ces gens qui s'achètent une machine à masser le ventre pour s'épargner l'effort de faire des abdominaux. Et naturellement, plus ils se forcent à renoncer aux choses, plus ils en ont envie et plus ils agissent avec mauvaise conscience, dominés par le plus triste des plaisirs : le plaisir de se sentir *coupables*. Ne te fais pas d'illusions : quand on aime se sentir « coupable », quand on croit qu'un plaisir est plus authentique s'il est d'une certaine manière « criminel », c'est qu'on réclame à grands cris un *châtiment*... Le monde est plein de soi-disant « rebelles » qui ne souhaitent au fond qu'une chose, qu'on les punisse d'être libres et qu'un pouvoir suprême, de ce monde ou de l'autre, ne les laisse pas seuls face à leurs tentations.

En revanche, la tempérance est une connivence intelligente avec l'objet de notre jouissance. Et si on te dit que les plaisirs sont « égoïstes », car il y a toujours quelqu'un qui souffre pendant que tu jouis, tu peux répondre que, s'il est bon d'aider l'autre à ne plus souffrir, il est malsain d'éprouver le remords de ne pas souffrir au même moment ou de ne pas jouir de la manière souhaitée par l'autre. Comprendre la souffrance de celui qui souffre et essayer d'y remédier implique uniquement le désir que l'autre jouisse aussi, pas la honte de jouir soi-même. Seule la personne qui a très envie de gâcher sa vie et celle des autres peut s'imaginer qu'on jouit toujours *contre* quelqu'un. Et si tu vois une personne qualifier de « sales » ou de « bestiaux » tous les plaisirs qu'elle ne partage pas ou n'ose pas s'accorder, je t'autorise à la considérer comme sale et passablement bestiale. Mais je crois que nous avons suffisamment tiré ce problème au clair, non ?

La lecture n'est pas finie...

« Ce que l'oreille désire, c'est écouter de la musique, et l'interdiction d'écouter de la musique est appelée une obstruction de l'oreille. Ce que l'œil désire, c'est voir de la beauté, et l'interdiction de voir de la beauté est appelée obstruction de la vue. Ce que le nez désire, c'est sentir des parfums, et l'interdiction de sentir des parfums est appelée obstruction de l'odorat. Et la bouche veut parler de ce qui est juste et injuste, et l'interdiction de parler de ce qui est juste et injuste est appelée obstruction de l'entendement. Ce que le corps désire, c'est jouir de mets délicieux et de beaux vêtements, et l'interdiction d'en jouir est appelée obstruction des sensations du corps. Ce que l'esprit veut, c'est être libre, et l'interdiction de cette liberté s'appelle obstruction de la nature » (Yang Tchou, IIIe siècle après J.-C.).

« Le vice corrige mieux que la vertu. Subissez un vicieux, vous prenez son vice en horreur. Subissez un vertueux, c'est la vertu tout entière que vous haïrez bientôt » (Tony Duvert, *Abécédaire malveillant*, Éd. de Minuit, 1989, p. 123).

« La tempérance suppose la jouissance, mais non l'abstinence. C'est pourquoi il y a plus de gens abstinents que de gens tempérants » (Lichtenberg, *Aphorismes*, Les Presses d'aujourd'hui, 1980, p. 221 ; trad. de M. Robert).

« La seule liberté digne de ce nom est de travailler à notre propre avancement à notre gré, aussi longtemps que nous ne cherchons pas à priver les autres du leur ou à entraver leurs efforts pour l'obtenir. Chacun est le gardien naturel de sa propre santé, aussi bien physique que mentale et spirituelle. L'humanité gagnera davantage à laisser chaque homme vivre comme bon lui semble qu'à le contraindre à vivre comme bon semble aux autres » (John Stuart Mill, *De la liberté*, Folio essais, 1990, p. 79 ; trad. de L. Lenglet, à partir de la traduction de Dupond White).

9

Suffrage universel

Comme tout le monde te le dira, nous sommes bien obligés d'aborder aussi la question. « La politique est une honte, elle est immorale ! Les politiciens n'ont pas d'éthique ! » Tu as dû entendre des phrases de ce genre des millions de fois ? La première règle, dans le domaine qui nous occupe, est de se méfier de ceux qui croient avoir la « sainte » obligation de lâcher les foudres de la morale sur les gens *en général*, qu'il s'agisse des politiciens, des femmes, des Juifs, des pharmaciens ou de l'être humain obscur et sans grade pris en tant qu'espèce. L'éthique – nous l'avons déjà dit, mais ça ne fait pas de mal de le répéter – n'est pas une arme de jet ni une cartouche permettant de mitrailler son prochain à volonté. Et surtout pas le prochain en général, comme si les humains étaient fabriqués en série comme les *petits-beurre*. L'éthique n'a qu'une fonction, aider à s'améliorer, pas à réprimander l'autre avec éloquence ; et elle n'apporte qu'une seule certitude : toi, moi et les autres, nous sommes tous fabriqués artisanalement, un par un, avec un tendre souci de marquer des différences. Et si quelqu'un vient te crier dans l'oreille : « Tous les... (politiciens, nègres, capitalistes, Australiens, pompiers, au choix) sont immoraux et n'ont pas un brin d'éthique ! », tu peux lui répondre aimablement : « Tu devrais te regarder, sombre crétin, ça ne te ferait pas de mal », ou un truc dans ce genre.

Mais pourquoi les politiciens ont-ils si mauvaise presse ? En fin de compte, dans une démocratie, nous sommes tous des politiciens, directement ou par la représentation des autres. Les politiciens ressemblent très certainement à ceux qui votent pour eux, peut-être même *trop* ; s'ils étaient très différents de nous, pires ou beaucoup mieux, nous ne les choisirions sûrement pas pour nous représenter au gouvernement. Seuls les gouvernants qui n'accèdent pas au pouvoir par le suffrage universel (par exemple, les dictateurs, les leaders religieux ou les rois) fondent leur prestige sur leur *différence* d'avec le commun des mortels. N'étant pas comme les autres (par leur force, leur inspiration divine, leur lignée ou toute autre raison), ils s'arrogent le droit de commander sans passer par les urnes ni écouter l'opinion de leurs concitoyens. Mais ils assureront avec le plus grand sérieux que le « véritable » peuple est avec eux, que la « rue » les appuie avec tant d'enthousiasme qu'il est inutile de compter leurs partisans pour savoir s'ils sont assez nombreux. En revanche, ceux qui désirent accéder aux postes de commande par la voie électorale essaient de donner au public l'image de gens ordinaires, très « humains », partageant les goûts, problèmes et petits travers de la majorité dont ils sollicitent le verdict pour gouverner. Bien entendu, ils ont des propositions pour améliorer la gestion de la société et croient pouvoir les mettre en pratique, mais ces idées, n'importe qui doit les comprendre et les discuter ; ils doivent aussi admettre d'être remplacés s'ils ne sont pas aussi compétents qu'ils le prétendaient ni aussi intègres qu'ils le paraissaient. Chez ces politiciens, il y a des gens honnêtes, des mauvaises têtes et des profiteurs, comme chez les pompiers, les enseignants, les tailleurs, les footballeurs et autres corporations. Alors, d'où leur vient cette mauvaise réputation ?

Pour commencer, ils occupent des places particulièrement *visibles* dans la société, et très privilégiées. Leurs défauts sont de notoriété publique ; ils ont aussi plus souvent l'occasion de succomber à des petites ou grandes tentations que la plupart des citoyens ordinaires. Le fait d'être connus, enviés et même craints ne favorise pas non plus un traitement impartial. Les sociétés égalitaires, c'est-à-dire démocratiques, ne sont pas tendres avec ceux qui s'écartent de la norme, par le haut ou par le bas : on aimerait lapider celui qui émerge du lot, on piétinera sans remords celui qui coule. D'autre part, les politiciens font plus de promesses qu'ils n'en peuvent ou veulent tenir. Ils y sont contraints par leur clientèle, car ils risquent de se retrouver seuls s'ils ne prédisent pas des lendemains qui chantent à leurs électeurs ou s'ils insistent plus sur les difficultés que sur les illusions. Nous feignons de croire que les politiciens ont des pouvoirs surhumains, puis nous ne leur pardonnons pas de nous avoir déçus. Si nous leur faisions moins confiance dès le début, nous ne serions pas obligés de nous méfier d'eux par la suite. Finalement, il vaut toujours mieux qu'ils soient normaux, pas très malins et même un peu « roublards », comme toi et moi, pourvu qu'on puisse les critiquer, les contrôler et les révoquer à chaque échéance ; l'ennui, ce sont les « chefs » parfaits : comme ils croient détenir la vérité, on est obligés de les déloger à coups de fusil...

Laissons messieurs les politiciens tranquilles, ils remuent déjà assez d'air sans notre aide. Ce qui nous intéresse pour le moment, toi et moi, c'est de savoir si l'éthique et la politique ont des points communs et des rapports. Quant à leur finalité, elles ont l'air étroitement liées : ne s'agit-il pas de *bien vivre* dans les deux cas ? L'éthique est l'art de choisir ce qui nous convient le mieux et de vivre le mieux possible ; l'objectif de la politique est d'organiser au mieux la convivialité sociale, afin que chacun puisse choisir ce qui lui convient. Comme on ne peut vivre isolé (je t'ai déjà dit que la base de la belle vie est de traiter nos semblables humainement), une personne qui a le souci éthique de bien vivre ne peut se désintéresser de la politique. Comme si nous installions le confort dans notre appartement en refusant d'être au courant des gouttières, des souris, des problèmes de chauffage ou des fondations pourries qui peuvent provoquer l'effondrement de l'immeuble pendant notre sommeil...

Cependant, il y a des différences importantes entre éthique et politique. Pour commencer, l'éthique s'occupe de ce que *chacun* (toi, moi, n'importe qui) fait de sa liberté, tandis que la politique essaie de coordonner, dans un souci d'efficacité pour la collectivité, ce que *beaucoup* font de leur liberté. Pour l'éthique, l'important est de *vouloir*, puisqu'il s'agit de ce que chacun fait parce qu'il le veut bien (et non de ce qui arrive à chacun, qu'il le veuille ou non, ni de ce qu'il fait contraint et forcé). En revanche, pour la politique, ce sont les *résultats* des actions qui comptent, quels qu'en soient les mobiles, et le politicien essaiera de faire pression par les moyens à sa disposition – y compris la force – pour obtenir certains résultats plutôt que d'autres. Prenons un cas banal : le respect des feux de la circulation. D'un point de vue moral, il est positif de respecter le rouge (en comprenant son utilité générale, en se mettant à la place d'autres personnes qui peuvent être blessées si j'enfreins la règle, etc.) ; mais, du point de vue politique, l'essentiel est que personne ne brûle les feux, ne serait-ce que par peur d'une contravention ou de la prison. Pour le politicien, tous ceux qui respectent le feu rouge sont également « bons », qu'ils agissent par peur, routine, superstition ou conviction rationnelle que la règle doit être respectée ; mais, pour l'éthique, seuls méritent une estime véritable ces derniers, car ils ont compris mieux que les autres l'usage de leur liberté. En un mot, il y a une différence entre la question éthique que je me pose à moi-même (comment veux-je *être*, indépendamment des autres ?) et la préoccupation politique qui consiste à obliger la majorité à *fonctionner* de la façon reconnue comme étant la plus souhaitable et harmonieuse.

Détail important : l'éthique ne peut *attendre* la politique. N'écoute pas ceux qui te diront que le monde est politiquement foutu, pire que jamais, que personne ne peut prétendre s'offrir une belle vie (éthiquement parlant) dans la situation injuste, violente et aberrante que nous vivons. Cette affirmation a été répétée à toutes les époques et à juste raison, car les sociétés humaines n'ont jamais rien eu de commun avec l'« autre monde », comme on dit, elles ont toujours été un produit de celui-ci, et donc pleines de défauts, d'abus, de crimes. Mais, à toutes les époques, il y a eu des gens capables de bien vivre ou au moins d'essayer. Quand ils le pouvaient, ils contribuaient à améliorer la société dans laquelle il leur avait été donné de vivre ; en tout cas, ils ne la détérioraient pas davantage, ce qui n'est déjà pas rien.

Ils ont lutté – et ils luttent encore aujourd'hui, tu peux en être certain – pour rendre les relations établies politiquement de plus en plus humaines (autrement dit, moins violentes et plus justes), mais ils n'ont jamais attendu que tout soit parfait et humain autour d'eux pour viser à la perfection et à la véritable humanité. Ils veulent être les pionniers de la belle vie, entraîner les autres, et ne pas rester en rade. Les circonstances leur permettront tout juste de mener une vie *passable*, moins belle qu'ils le désiraient... Et alors? Seraient-ils plus sensés en étant entièrement mauvais, dans le dessein de plaire à ce qu'il y a de pire au monde et de déplaire au meilleur d'eux-mêmes? Si tu es sûr que, parmi tous les aliments qu'on t'offre, beaucoup sont gâtés ou pourris, essaieras-tu de manger une nourriture saine, même s'il y a encore des produits avariés sur le marché, ou t'empoisonneras-tu le plus vite possible pour suivre le courant majoritaire? Aucun ordre politique n'est assez mauvais pour qu'on n'y trouve pas au moins un être à demi bon : les circonstances ont beau jouer contre nous, la responsabilité finale de nos actes est en chacun de nous, tout le reste n'est qu'alibis. De la même façon, les rêves d'un ordre politique impeccable (on appelle cela une *utopie*), où tout le monde serait « automatiquement » bon car les circonstances empêcheraient de mal agir, sont une façon de se voiler la face. Malgré tout le mal qui circule autour de nous, il y aura toujours du bien pour qui le *voudra* ; malgré tout le bien que nous aurons pu offrir au public, le mal sera toujours à la portée de qui le *voudra*. Tu t'en souviens ? Il n'y a pas longtemps, nous avons appelé cela « liberté »...

D'un point de vue éthique, c'est-à-dire en envisageant ce qui convient pour la belle vie, quelle peut être la meilleure organisation politique, celle qu'il faut s'efforcer de mettre en place et de défendre ? Si tu repasses en mémoire ce que nous avons dit jusque-là (mais je crains que ce pensum soit trop long pour que tu te souviennes de tout), tu trouveras quelques idées pertinentes sur ce problème, que voici résumées sous forme de réflexions :

a) Comme tout projet éthique part de la *liberté*, sans laquelle il n'y a pas de belle vie qui vaille, le système politique souhaitable devra respecter au maximum – ou fixer comme minimum, au choix – les aspects publics de la liberté humaine : la liberté de se réunir ou de se séparer, d'exprimer des opinions, d'inventer la beauté, d'explorer la science, de travailler conformément à sa vocation ou à son intérêt, d'intervenir dans les affaires publiques, de se déplacer ou de s'installer n'importe où, de choisir les jouissances de son corps et de son âme, etc. Il devra s'abstenir de dictatures, surtout celles qui sont « pour notre bien » (ou pour « le bien commun », ce qui revient au même). Notre plus grand bien – individuel ou commun – est d'être libres. Naturellement, un régime politique accordant toute son importance à la liberté insistera aussi sur la *responsabilité* sociale des actions et des omissions de chacun (je parle d'« omissions », car on peut aussi agir *en ne faisant pas*). En règle générale, moins quelqu'un revendique la responsabilité de ses bonnes ou mauvaises actions (en disant par exemple qu'elles sont le fruit de l'« histoire », de la « société établie », des « réactions chimiques de l'organisme », de la « propagande », du « démon » ou autres excuses de ce genre), moins on est disposé à lui accorder sa liberté. Dans les systèmes politiques où les individus ne sont jamais entièrement « responsables », les gouvernants ne le sont pas davantage, car ils agissent toujours poussés par les « nécessités » historiques ou les impératifs de la « raison d'État ». Méfie-toi des politiciens pour qui tout le monde est « victime » ou « cause » des circonstances !

b) Traiter les personnes comme des personnes est un principe de base de la belle vie, ainsi que nous l'avons vu, et cela signifie être capables de nous mettre à la place de nos semblables et d'adapter nos intérêts aux leurs. Autrement dit, il s'agit d'apprendre à considérer les intérêts d'autrui comme s'ils étaient les tiens et les tiens comme s'ils étaient ceux d'autrui. On appelle cette vertu la *justice,* et aucun régime politique digne de ce nom ne peut se dispenser, par ses lois et ses institutions, de répandre la justice parmi les membres de la société. Il existe un seul cas où on peut limiter la liberté de l'individu : quand il faut empêcher, par la force si nécessaire, que l'individu en question traite ses semblables comme s'ils n'en étaient pas, autrement dit quand il les traite comme des jouets, des bêtes de somme, de vulgaires outils, des êtres inférieurs, etc. L'exigence de tout être humain de recevoir le même traitement que les autres, quels que soient son sexe, la couleur de sa peau, ses idées et ses goûts, etc., s'appelle la *dignité*. Et, détail curieux, bien que la dignité soit un bien commun à tous les hommes, il sert précisément à reconnaître chacun comme étant unique et sans pareil. Les choses peuvent être « interchangeables », on peut les « remplacer » par d'autres semblables ou meilleures, en un mot : elles ont leur « prix » (l'argent facilite ces échanges, car il mesure tout selon un même critère). Ne parlons pas pour le moment des « choses » tellement liées aux conditions de l'existence humaine qu'elles sont devenues irremplaçables et ne peuvent donc être achetées « pour tout l'or du monde » : c'est le cas de certaines œuvres d'art ou de certains aspects de la nature. Or *chaque* être humain a sa dignité et n'a pas de prix, autrement dit on ne peut le remplacer ni le *maltraiter* pour favoriser quelqu'un d'autre. Quand je dis qu'on ne peut le remplacer, je ne pense pas à sa fonction (un charpentier peut en remplacer un autre dans son travail), mais à sa personnalité propre, à ce qu'il *est* véritablement ; quand je dis « maltraiter », je veux dire que, même puni par la loi ou considéré comme un ennemi politique, il ne doit cesser d'être l'objet d'égards et de respect. Même pendant une *guerre* – le plus grand échec de la tentative de « belle vie » commune des hommes –, certains comportements sont considérés comme de plus grands crimes que ce crime organisé qu'est la guerre proprement dite. C'est la dignité humaine qui nous rend tous semblables, justement parce qu'elle affirme que chacun est unique, pas interchangeable, et dispose des mêmes droits à la reconnaissance sociale que son prochain.

c) Par l'expérience, nous apprenons dans notre propre chair, aussi heureux que nous soyons, la réalité de la souffrance. Prendre l'autre au sérieux, nous mettre à sa place, c'est non seulement reconnaître sa dignité de semblable, mais aussi sympathiser avec ses douleurs ou ses malheurs survenus à la suite d'une erreur personnelle, d'un accident fortuit ou d'une fatalité biologique, et qui, tôt ou tard, peuvent nous toucher aussi. Maladies, vieillesse, faiblesse insurmontable, abandon, choc émotionnel ou mental, perte de ce qui nous est le plus cher ou le plus essentiel, menaces et agressions violentes de la part des plus forts ou des moins scrupuleux... Une communauté politique souhaitable doit garantir dans la mesure du possible l'*assistance* de la communauté à ceux qui souffrent et l'aide à ceux qui, pour une raison ou pour une autre, ne peuvent s'en sortir seuls. Cette assistance a du mal à s'exercer sans nuire à la liberté ni à la dignité de la personne. Parfois, l'État, sous prétexte d'aider les invalides, finit par traiter toute la population comme si elle était invalide. Les malheurs nous livrent aux mains des autres et renforcent le pouvoir collectif sur l'individu : il est très important de veiller à ce que ce pouvoir ne s'exerce que pour réparer des carences et des faiblesses, non pour les perpétuer sous anesthésie au nom d'une « compassion » autoritaire.

Celui qui souhaite une belle vie pour lui-même, conforme au projet éthique, doit aussi désirer que la communauté politique des hommes se fonde sur la *liberté*, la *justice* et l'*assistance*. La démocratie moderne a tenté d'établir, au cours des deux derniers siècles (d'abord dans la théorie, et peu à peu dans la pratique) ces exigences minimales que doit respecter la société politique : ce sont ce qu'on appelle les *droits de l'homme*, dont la liste est encore aujourd'hui, pour notre plus grande honte collective, un catalogue de vœux pieux plus que de réussites effectives. Continuer de les revendiquer dans leur globalité, partout et pour tous, reste la seule entreprise politique dont l'éthique ne peut se désintéresser. Et elle ne peut être l'affaire d'une minorité. Quant à savoir l'étiquette que tu devras porter sur ton revers tant qu'il faudra être de « droite », de « gauche », du « centre » ou d'ailleurs... à toi de voir : cette nomenclature un peu dépassée me laisse froid.

Mais, de toute évidence, bon nombre de problèmes posés aux cinq milliards d'êtres humains qui encombrent aujourd'hui la planète (et les effectifs ne cessent d'augmenter) ne peuvent être résolus, ni même posés correctement, que d'une façon globale à tout le monde. Pense à la faim, qui fait mourir encore des millions de gens, au sous-développement économique et éducatif de nombreux pays, à la survivance de systèmes politiques brutaux qui oppriment sans complexe leur population et menacent les voisins, au gaspillage de l'argent et de la science dans le domaine de l'armement, ou simplement à la misère de trop de gens, y compris dans les nations riches, etc. Je crois que l'actuelle fragmentation politique du monde (d'un monde déjà unifié par l'interdépendance économique et l'universalisation des communications) ne fait que perpétuer ces plaies et empêcher les solutions. Autre exemple : le militarisme, cette façon frénétique d'investir dans l'armement des ressources qui pourraient résoudre la plupart des carences dont on souffre aujourd'hui dans le monde, le développement de la guerre agressive (art immoral de *supprimer* l'autre au lieu d'essayer de se mettre à sa place)... Vois-tu un meilleur moyen de venir à bout de cette folie que d'établir une autorité à l'échelle mondiale disposant d'une force suffisante pour dissuader n'importe quel groupe de jouer à la bataille ? Enfin, je t'ai déjà dit que certaines choses sont irremplaçables : par exemple, cette « chose » sur laquelle nous vivons, la planète Terre, avec son équilibre végétal et animal; apparemment, nous n'avons rien sous la main pour la remplacer et il sera vraisemblablement impossible « de nous acheter » un autre monde si par désir de lucre ou par stupidité nous détruisons celui-ci. Or la Terre n'est pas un amalgame incohérent : la conserver habitable et belle est une tâche qui ne peut être assumée que par la communauté mondiale des hommes, pas par les tricheries à courte vue des uns contre les autres.

Voici où je voulais en venir : tout ce qui favorise l'organisation des hommes en fonction de leur appartenance à l'humanité et non à des tribus me paraît être un principe politiquement intéressant. La diversité des façons de vivre est un aspect essentiel (imagine quel ennui ce serait autrement!), pourvu qu'il y ait des règles minimales de tolérance entre elles et que certains problèmes mobilisent les efforts de tous. Sinon, nous obtiendrons une diversité de crimes, non de cultures. Voilà pourquoi, je te l'avoue, je *déteste* les doctrines qui dressent obligatoirement des hommes contre d'autres : le *racisme*, qui classe les gens en première, deuxième ou troisième catégorie, suivant des élucubrations pseudo-scientifiques ; les *nationalismes* féroces, qui considèrent que l'individu n'est rien et que l'identité collective est tout ; les *idéologies* fanatiques, religieuses ou civiles, incapables de tolérer le conflit pacifique des opinions, exigeant que tout le monde croie et respecte ce qu'elles considèrent comme étant la « vérité » et seulement cela, etc. Mais je ne veux pas t'ennuyer avec la politique, ni te développer mes points de vue sur le divin et l'humain. Dans ce dernier chapitre, j'ai seulement essayé de te montrer qu'il y a des exigences politiques auxquelles nulle personne prétendant bien vivre ne peut échapper. Nous parlerons du reste... dans un autre livre.

La lecture n'est pas finie...

« Ce n'est pas l'homme, mais les hommes qui habitent cette planète. La pluralité est la loi de la terre ! » (Hannah Arendt, *La Vie de l'esprit*, PUF, 2 volumes, 1971 et 1983).

« Si je savais une chose utile à ma nation qui fût ruineuse à une autre, je ne la proposerais pas à mon prince, parce que je suis homme avant d'être français, (ou bien) parce que je suis nécessairement homme, et que je ne suis français que par hasard.

» Si je savais quelque chose qui me fût utile, et qui fût préjudiciable à ma famille, je le rejetterais de mon esprit. Si je savais quelque chose utile à ma famille et qui ne le fût pas à ma patrie, je chercherais à l'oublier. Si je savais quelque chose utile à ma patrie, et qui fût préjudiciable à l'Europe, ou bien qui fût utile à l'Europe et préjudiciable au Genre humain, je le regarderais comme un crime » (Montesquieu, *Mes pensées*, Le Seuil, coll. « L'Intégrale », 10 et 11, 1964, p. 855).

« Même si l'on respecte parfaitement les accords [entre États], il serait fâcheux que l'on prît l'habitude d'y recourir. La nature n'a-t-elle pas établi une société entre deux peuples séparés seulement par une petite colline, par un petit ruisseau ? C'est l'usage des traités qui amène les hommes à se considérer comme des ennemis nés, faits pour se détruire légitimement l'un l'autre, à moins que des textes ne s'y opposent. [...] Les Utopiens pensent [...] qu'il ne faut tenir pour ennemie aucune personne de qui l'on n'a reçu aucune injure ; que la communauté établie par la nature rend les conventions inutiles ; que les hommes enfin sont rapprochés plus fortement, plus efficacement, par la charité que par les textes, par l'esprit que par les formules » (Thomas More, *L'Utopie*, livre second, GF Flammarion, 1987, p. 200 ; trad. de Marie Delcourt).

ÉPILOGUE

Tu devrais y réfléchir

Voilà, ça y est. Clopin-clopant peut-être, mais je crois que l'essentiel a été dit. L'« essentiel » de ce que je suis capable de te dire maintenant : tu as d'autres choses beaucoup plus essentielles à apprendre ou, mieux encore, à penser par toi-même. De grâce, ne prends pas ce livre trop au sérieux ! Après tout, il ne s'agit sans doute pas d'un vrai livre d'éthique, à en croire Wittgenstein. Pour cet insigne philosophe contemporain, il était tellement impossible d'écrire un *véritable* traité d'éthique qu'il affirmait : « Si un homme pouvait écrire un livre sur l'éthique qui fût véritablement un livre sur l'éthique, ce livre, telle une explosion, anéantirait tous les autres livres du monde. » Et voilà, je t'adresse ces pages sans avoir entendu le tonnerre dévastateur d'aucune explosion. Par chance, mes vieux bouquins que j'aime tant (y compris celui où Wittgenstein exprime l'opinion que je viens de citer) sont toujours intacts sur les étagères de la bibliothèque. Apparemment, la magie n'a pas marché avec ce livre sur l'éthique : tu n'as donc rien à craindre. Des esprits plus éclairés que moi s'y sont déjà frottés, mais ils n'ont pas davantage fait voler en éclats le reste de la littérature, que, de toute façon, tu ferais bien de connaître : Aristote, Spinoza, Kant, Nietzsche... J'ai évité de les citer à tout bout de champ, car nous avions une conversation amicale, mais sache que les passages les plus profitables des pages qui précèdent viennent d'eux : je revendique uniquement la paternité des sottises (allons, ne te sens pas visé !).

Je disais donc que tu ne devais pas prendre ce livre trop au sérieux. Entre autres choses, parce que le « sérieux » n'est pas un signe automatique de sagesse, comme le croient les idiots : l'intelligence doit savoir *rire*... En revanche, tu ferais bien de ne pas négliger le sujet qui y est abordé : que faire de ta vie ! Et si cela ne t'intéresse pas, je me demande ce qui peut t'intéresser. Comment vivre de la meilleure façon possible ? Cette question me paraît beaucoup plus décisive que d'autres apparemment plus redoutables : « La vie a-t-elle un sens ? Vaut-il la peine de vivre ? Y a-t-il une vie après la mort ? » Tu sais, la vie a un sens et un sens unique ; elle va de l'avant, sans possibilités de flash-back, les coups ne se répètent pas et ne peuvent être corrigés. Il faut savoir ce qu'on veut et réfléchir à ce que l'on fait. Et ensuite... garder courage devant les revers, car la chance a aussi son rôle à jouer et personne ne peut réussir chaque fois. Le sens de la vie ?

D'abord, essayer d'éviter les échecs ; puis, s'il y a échec, ne pas perdre pied. Quant à savoir si la vie vaut la peine d'être vécue, je te renvoie au commentaire de Samuel Butler, un écrivain anglais souvent moqueur : « C'est une question à poser à un embryon, pas à un homme. » Quel que soit le critère retenu pour savoir si la vie vaut la peine d'être vécue, tu devras le puiser dans la vie que tu mènes. Si tu refuses la vie, ce sera au nom de valeurs vitales, d'illusions ou d'idéaux appris dans l'exercice de ton métier de vivant. En sorte que c'est la vie qui prévaut…, même si on en arrive à la conclusion qu'elle ne vaut pas la peine d'être vécue. Il serait plus raisonnable de se demander « si la mort a un sens », si la mort « vaut la peine », car nous ne savons absolument rien d'elle, puisque tout notre savoir et tout ce qui a un sens pour nous vient de la vie ! Je crois que toute éthique digne de ce nom s'appuie sur la vie et se propose de la renforcer, de la rendre plus riche. J'irai même plus loin, maintenant que plus personne ne nous entend : je pense que seul est *bon* celui qui éprouve une *antipathie active vis-à-vis de la mort*. Attention ! J'ai dit « antipathie » et non « peur » ; dans la peur il y a toujours un début de respect et une bonne dose de soumission. Je ne crois pas que la mort en mérite autant… Mais y a-t-il une vie après la mort ? Je me méfie de tout ce qu'on peut obtenir grâce à la mort, en l'acceptant, en l'utilisant, en lui faisant des mamours, qu'elle soit le paradis en ce monde ou la vie éternelle dans un autre. Ce qui m'intéresse n'est pas qu'il y ait une vie *après* la mort, mais qu'il y en ait une *avant*. Et que ce soit une belle vie, pas une simple survivance ou une peur constante de mourir.

Il reste à répondre à la question sur le comment mieux vivre. Au cours des chapitres précédents, j'ai surtout essayé de t'aider à la *comprendre* plus à fond. Quant à la réponse, je crains que tu ne sois obligé de la chercher tout seul. Et cela pour trois raisons :

a) Parce que ton maître improvisé, à savoir moi, est d'une incompétence notoire. Comment puis-je t'enseigner à bien vivre si j'arrive tout juste à vivre moyennement ? J'ai l'impression d'être un chauve en train de vanter les mérites d'une lotion capillaire incomparable...

b) Parce que vivre n'est pas une science exacte comme les mathématiques, mais un *art*, comme la musique. On peut apprendre certaines règles en musique et écouter les créations des grands compositeurs, mais, si tu n'as pas d'oreille, ni de rythme, ni de voix, cela ne te servira pas à grand-chose. Il en va de même avec l'art de vivre : ses enseignements prennent racine dans les esprits bien disposés, mais ennuient ou embrouillent encore plus les « sourds » de naissance. Dans ce domaine, bien sûr, la plupart des sourds le sont *volontairement*...

c) La belle vie n'est pas une chose en général, fabriquée en série, elle n'existe que *sur mesure*. Chacun doit l'inventer pour soi, assortie à son individualité, unique, incomparable... et fragile. Pour bien vivre, la sagesse et l'exemple des autres peuvent nous aider, mais sûrement pas prendre notre place...

La vie n'est pas comme les médicaments, tous accompagnés d'une notice qui énumère les contre-indications et les doses à prendre. La vie nous est donnée sans ordonnance et sans notice. L'éthique ne peut pallier complètement cette défaillance, car elle est avant tout la chronique des efforts déployés par les humains pour y remédier. Un écrivain français, mort il n'y a pas longtemps, Georges Perec, a écrit un livre qui s'intitulait ainsi : *La Vie : mode d'emploi*. Mais il s'agissait d'une délicieuse et intelligente plaisanterie littéraire, pas d'un système éthique. C'est pourquoi j'ai renoncé à te donner des *modes d'emploi* sur des questions concrètes comme l'avortement, les préservatifs, l'objection de conscience, et *tutti quanti*. De même, je n'ai pas eu le culot (si horriblement typique de ceux qui se prennent pour des « moralistes » !) de te faire de grands discours apitoyés ou indignés sur les « maux » de notre siècle : Ha, la consommation ! Et le manque de solidarité, hein ! Oh, la soif d'argent ! Ouh, la violence ! Et la crise des valeurs, ah, hein, oh, hou ! J'ai mon opinion là-dessus, mais je ne suis pas l'« éthique » : je ne suis que papa. A travers moi, la seule chose que puisse te répondre l'éthique, c'est de chercher et de penser par toi-même, en toute liberté, sans te piéger : comme une personne responsable. J'ai essayé de t'enseigner des *façons* de marcher, mais ni moi ni personne n'avons le droit de te prendre sur ses épaules. Je terminerai par un dernier conseil, quand même ! Puisqu'il s'agit de *choisir*, essaie toujours de choisir les options qui t'offrent ensuite le plus large choix possible, pas celles qui te laissent face au mur. Choisis ce qui t'ouvre : les autres, des expériences nouvelles, des joies variées. Évite ce qui t'enferme ou ce qui t'enterre. Pour le reste, bonne chance ! Et ce petit mot crié par une voix qui ressemblait à la mienne le jour où tu as fait ce rêve d'un tourbillon qui menaçait de t'emporter : confiance !

Avant de se quitter...

« Adieu, ami lecteur ; songez à ne pas passer votre vie à haïr et à avoir peur » (Stendhal, *Lucien Leuwen*, Folio, 1973, I, p. 58).

Table

Avertissement antipédagogique........ 11

Prologue..................... 13

1. L'éthique, un drôle de truc ! 19
2. Ordres, habitudes et caprices........ 37
3. Fais ce que voudras 53
4. A toi la belle vie 69
5. Wake up, baby ! 85
6. Le grillon de Pinocchio 99
7. Mets-toi à sa place............... 119
8. Bien du plaisir 141
9. Suffrage universel 157

Épilogue : Tu devrais y réfléchir....... 175

RÉALISATION : PAO ÉDITIONS DU SEUIL
NORMANDIE ROTO IMPRESSION S.A.S. À LONRAI
DÉPÔT LÉGAL : NOVEMBRE 2013. N° 115691 (13-4395)
IMPRIMÉ EN FRANCE

Éditions Points

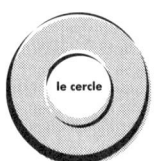

Le catalogue complet de nos collections est sur Le Cercle Points, ainsi que des interviews de vos auteurs préférés, des jeux-concours, des conseils de lecture, des extraits en avant-première…

www.lecerclepoints.com

Collection Points Essais

DERNIERS TITRES PARUS

500. Juger, *par Hannah Arendt*
501. La Vie commune, *par Tzvetan Todorov*
502. La Peur du vide, *par Olivier Mongin*
503. La Mobilisation infinie, *par Peter Sloterdijk*
504. La Faiblesse de croire, *par Michel de Certeau*
505. Le Rêve, la Transe et la Folie, *par Roger Bastide*
506. Penser la Bible, *par Paul Ricoeur et André LaCocque*
507. Méditations pascaliennes, *par Pierre Bourdieu*
508. La Méthode
    5. L'humanité de l'humanité, *par Edgar Morin*
509. Élégie érotique romaine, *par Paul Veyne*
510. Sur l'interaction, *par Paul Watzlawick*
511. Fiction et Diction, *par Gérard Genette*
512. La Fabrique de la langue, *par Lise Gauvin*
513. Il était une fois l'ethnographie, *par Germaine Tillion*
514. Éloge de l'individu, *par Tzvetan Todorov*
515. Violences politiques, *par Philippe Braud*
516. Le Culte du néant, *par Roger-Pol Droit*
517. Pour un catastrophisme éclairé, *par Jean-Pierre Dupuy*
518. Pour entrer dans le XXIe siècle, *par Edgar Morin*
519. Points de suspension, *par Peter Brook*
520. Les Écrivains voyageurs au XXe siècle, *par Gérard Cogez*
521. L'Islam mondialisé, *par Olivier Roy*
522. La Mort opportune, *par Jacques Pohier*
523. Une tragédie française, *par Tzvetan Todorov*
524. La Part du père, *par Geneviève Delaisi de Parseval*
525. L'Ennemi américain, *par Philippe Roger*
526. Les Pousse-au-jouir du Maréchal Pétain, *par Gérard Miller*
527. L'Oubli de l'Inde, *par Roger-Pol Droit*

528. La Maladie de l'islam, *par Abdelwahab Meddeb*
529. Le Nu impossible, *par François Jullien*
530. Schumann. La Tombée du jour, *par Michel Schneider*
531. Le Corps et sa danse, *par Daniel Sibony*
532. Mange ta soupe et… tais-toi !, *par Michel Ghazal*
533. Jésus après Jésus, *par Gérard Mordillat et Jérôme Prieur*
534. Introduction à la pensée complexe, *par Edgar Morin*
535. Peter Brook. Vers un théâtre premier
    par Georges Banu
536. L'Empire des signes, *par Roland Barthes*
537. L'Étranger ou L'Union dans la différence
    par Michel de Certeau
538. L'Idéologie et l'Utopie, *par Paul Ricœur*
539. En guise de contribution à la grammaire
    et à l'étymologie du mot « être », *par Martin Heidegger*
540. Devoirs et Délices, *par Tzvetan Todorov*
541. Lectures 3, *par Paul Ricœur*
542. La Damnation d'Edgar P. Jacobs
    par Benoît Mouchart et François Rivière
543. Nom de Dieu, *par Daniel Sibony*
544. Les Poètes de la modernité
    par Jean-Pierre Bertrand et Pascal Durand
545. Souffle-Esprit, *par François Cheng*
546. La Terreur et l'Empire, *par Pierre Hassner*
547. Amours plurielles, *par Ruedi Imbach et Inigo Atucha*
548. Fous comme des sages
    par Roger-Pol Droit et Jean-Philippe de Tonnac
549. Souffrance en France, *par Christophe Dejours*
550. Petit Traité des grandes vertus, *par André Comte-Sponville*
551. Du mal/Du négatif, *par François Jullien*
552. La Force de conviction, *par Jean-Claude Guillebaud*
553. La Pensée de Karl Marx, *par Jean-Yves Calvez*
554. Géopolitique d'Israël, *par Frédérique Encel, François Thual*
555. La Méthode
    6. Éthique, *par Edgar Morin*
556. Hypnose mode d'emploi, *par Gérard Miller*
557. L'Humanité perdue, *par Alain Finkielkraut*
558. Une saison chez Lacan, *par Pierre Rey*
559. Les Seigneurs du crime, *par Jean Ziegler*
560. Les Nouveaux Maîtres du monde, *par Jean Ziegler*
561. L'Univers, les Dieux, les Hommes, *par Jean-Pierre Vernant*
562. Métaphysique des sexes, *par Sylviane Agacinski*
563. L'Utérus artificiel, *par Henri Atlan*
564. Un enfant chez le psychanalyste, *par Patrick Avrane*
565. La Montée de l'insignifiance, Les Carrefours du labyrinthe IV
    par Cornelius Castoriadis
566. L'Atlantide, *par Pierre Vidal-Naquet*

567. Une vie en plus, *par Joël de Rosnay, Jean-Louis Servan-Schreiber, François de Closets, Dominique Simonnet*
568. Le Goût de l'avenir, *par Jean-Claude Guillebaud*
569. La Misère du monde, *par Pierre Bourdieu*
570. Éthique à l'usage de mon fils, *par Fernando Savater*
571. Lorsque l'enfant paraît t. 1, *par Françoise Dolto*
572. Lorsque l'enfant paraît t. 2, *par Françoise Dolto*
573. Lorsque l'enfant paraît t. 3, *par Françoise Dolto*
574. Le Pays de la littérature, *par Pierre Lepape*
575. Nous ne sommes pas seuls au monde, *par Tobie Nathan*
576. Ricœur, *textes choisis et présentés par Michael Fœssel et Fabien Lamouche*
577. Cantatrix Sopranica L. et autres écrits scientifiques *par Georges Perec*
578. Philosopher à Bagdad au Xe siècle, *par Al-Fārābī*
579. Mémoires. 1. La brisure et l'attente (1930-1955) *par Pierre Vidal-Naquet*
580. Mémoires. 2. Le trouble et la lumière (1955-1998) *par Pierre Vidal-Naquet*
581. Discours du récit, *par Gérard Genette*
582. Le Peuple « psy », *par Daniel Sibony*
583. Ricœur 1, *par L'Herne*
584. Ricœur 2, *par L'Herne*
585. La Condition urbaine, *par Olivier Mongin*
586. Le Savoir-déporté, *par Anne-Lise Stern*
587. Quand les parents se séparent, *par Françoise Dolto*
588. La Tyrannie du plaisir, *par Jean-Claude Guillebaud*
589. La Refondation du monde, *par Jean-Claude Guillebaud*
590. La Bible, *textes choisis et présentés par Philippe Sellier*
591. Quand la ville se défait, *par Jacques Donzelot*
592. La Dissociété, *par Jacques Généreux*
593. Philosophie du jugement politique, *par Vincent Descombes*
594. Vers une écologie de l'esprit 2, *par Gregory Bateson*
595. L'Anti-livre noir de la psychanalyse *par Jacques-Alain Miller*
596. Chemins de sable, *par Chantal Thomas*
597. Anciens, Modernes, Sauvages, *par François Hartog*
598. La Contre-Démocratie, *par Pierre Rosanvallon*
599. Stupidity, *par Avital Ronell*
600. Fait et à faire, Les Carrefours du labyrinthe V *par Cornelius Castoriadis*
601. Au dos de nos images, *par Luc Dardenne*
602. Une place pour le père, *par Aldo Naouri*
603. Pour une naissance sans violence, *par Frédérick Leboyer*
604. L'Adieu au siècle, *par Michel del Castillo*
605. La Nouvelle Question scolaire, *par Éric Maurin*

606. L'Étrangeté française, *par Philippe d'Iribarne*
607. La République mondiale des lettres, *par Pascale Casanova*
608. Le Rose et le Noir, *par Frédéric Martel*
609. Amour et justice, *par Paul Ricœur*
610. Jésus contre Jésus, *par Gérard Mordillat et Jérôme Prieur*
611. Comment les riches détruisent la planète, *par Hervé Kempf*
612. Pascal, *textes choisis et présentés par Philippe Sellier*
613. Le Christ philosophe, *par Frédéric Lenoir*
614. Penser sa vie, *par Fernando Savater*
615. Politique des sexes, *par Sylviane Agacinski*
616. La Naissance d'une famille, *par T. Berry Brazelton*
617. Aborder la linguistique, *par Dominique Maingueneau*
618. Les Termes clés de l'analyse du discours
    par Dominique Maingueneau
619. La grande image n'a pas de forme, *par François Jullien*
620. « Race » sans histoire, *par Maurice Olender*
621. Figures du pensable, Les Carrefours du labyrinthe VI
    par Cornelius Castoriadis
622. Philosophie de la volonté 1, *par Paul Ricœur*
623. Philosophie de la volonté 2, *par Paul Ricœur*
624. La Gourmandise, *par Patrick Avrane*
625. Comment je suis redevenu chrétien
    par Jean-Claude Guillebaud
626. Homo juridicus, *par Alain Supiot*
627. Comparer l'incomparable, *par Marcel Detienne*
629. Totem et Tabou, *par Sigmund Freud*
630. Malaise dans la civilisation, *par Sigmund Freud*
631. Roland Barthes, *par Roland Barthes*
632. Mes démons, *par Edgar Morin*
633. Réussir sa mort, *par Fabrice Hadjadj*
634. Sociologie du changement
    par Philippe Bernoux
635. Mon père. Inventaire, *par Jean-Claude Grumberg*
636. Le Traité du sablier, *par Ernst Jüng*
637. Contre la barbarie, *par Klaus Mann*
638. Kant, *textes choisis et présentés*
    par Michaël Fœssel et Fabien Lamouche
639. Spinoza, *textes choisis et présentés par Frédéric Manzini*
640. Le Détour et l'Accès, *par François Jullien*
641. La Légitimité démocratique, *par Pierre Rosanvallon*
642. Tibet, *par Frédéric Lenoir*
643. Terre-Patrie, *par Edgar Morin*
644. Contre-prêches, *par Abdelwahab Meddeb*
645. L'Éros et la Loi, *par Stéphane Mosès*
646. Le Commencement d'un monde
    par Jean-Claude Guillebaud
647. Les Stratégies absurdes, *par Maya Beauvallet*

648. Jésus sans Jésus, *par Gérard Mordillat et Jérôme Prieur*
649. Barthes, *textes choisis et présentés par Claude Coste*
650. Une société à la dérive, *par Cornelius Castoriadis*
651. Philosophes dans la tourmente, *par Élisabeth Roudinesco*
652. Où est passé l'avenir?, *par Marc Augé*
653. L'Autre Société, *par Jacques Généreux*
654. Petit Traité d'histoire des religions
    par Frédéric Lenoir
655. La Profondeur des sexes, *par Fabrice Hadjadj*
656. Les Sources de la honte, *par Vincent de Gaulejac*
657. L'Avenir d'une illusion, *par Sigmund Freud,*
658. Un souvenir d'enfance de Léonard de Vinci
    par Sigmund Freud
659. Comprendre la géopolitique, *par Frédéric Encel*
660. Philosophie arabe
    textes choisis et présentés par Pauline Koetschet
661. Nouvelles Mythologies, s*ous la direction de Jérôme Garcin*
662. L'Écran global, *par Gilles Lipovetsky et Jean Serroy*
663. De l'universel, *par François Jullien*
664. L'Âme insurgée, *par Armel Guerne*
665. La Raison dans l'histoire, *par Friedrich Hegel*
666. Hegel, *textes choisis et présentés par Olivier Tinland*
667. La Grande Conversion numérique, *par Milad Doueihi*
668. La Grande Régression, *par Jacques Généreux*
669. Faut-il pendre les architectes?, *par Philippe Trétiack*
670. Pour sauver la planète, sortez du capitalisme
    par Hervé Kempf
671. Mon chemin, *par Edgar Morin*
672. Bardadrac, *par Gérard Genette*
673. Sur le rêve, *par Sigmund Freud*
674. Claude Lévi-Strauss et l'anthropologie structurale
    par Marcel Hénaff
675. L'Expérience totalitaire. La signature humaine 1
    par Tzvetan Todorov
676. Manuel de survie des dîners en ville
    par Sven Ortoli et Michel Eltchaninoff
677. Casanova, l'homme qui aimait vraiment les femmes
    par Lydia Flem
678. Journal de deuil, *par Roland Barthes*
679. La Sainte Ignorance, *par Olivier Roy*
680. La Construction de soi
    par Alexandre Jollien
681. Tableaux de famille, *par Bernard Lahire*
682. Tibet, une autre modernité
    par Jean-Pierre Barou et Sylvie Crossman
683. D'après Foucault
    par Philippe Artières et Mathieu Potte-Bonneville

684. Vivre seuls ensemble. La signature humaine 2
     par Tzvetan Todorov
685. L'Homme Moïse et la Religion monothéiste
     par Sigmund Freud
686. Trois Essais sur la théorie de la sexualité
     par Sigmund Freud
687. Pourquoi le christianisme fait scandale
     par Jean-Pierre Denis
688. Dictionnaire des mots français d'origine arabe
     par Salah Guemriche
689. Oublier le temps, *par Peter Brook*
690. Art et figures de la réussite, *par Baltasar Gracián*
691. Des genres et des œuvres, *par Gérard Genette*
692. Figures de l'immanence, *par François Jullien*
693. Risquer la liberté, *par Fabrice Midal*
694. Le Pouvoir des commencements
     par Myrian Revault d'Allonnes
695. Le Monde moderne et la Condition juive, *par Edgar Morin*
696. Purifier et détruire, *par Jacques Semelin*
697. De l'éducation, *par Jean Jaurès*
698. Musicophilia, *par Oliver Sacks*
699. Cinq Conférences sur la psychanalyse, *par Sigmund Freud*
696. Purifier et détruire, *par Jacques Semelin*
700. L'oligarchie ça suffit, vive la démocratie, *par Hervé Kempf*
701. Le Silence des bêtes, *par Elisabeth de Fontenay*
702. Injustices, *par François Dubet*
703. Le Déni des cultures, *par Hugues Lagrange*
704. Le Rabbin et le Cardinal
     par Gilles Bernheim et Philippe Barbarin
705. Le Métier d'homme, *par Alexandre Jollien*
706. Le Conflit des interprétations, *par Paul Ricœur*
707. La Société des égaux, *par Pierre Rosanvallon*
708. Après la crise, *par Alain Touraine*
709. Zeugma, *par Marc-Alain Ouaknin*
710. L'Orientalisme, *par Edward W. Said*
711. Un sage est sans idée, *par François Jullien*
712. Fragments de vie, *par Germaine Tillion*
713. Le Délire et les Rêves dans la Gradiva de W. Jensen
     par Sigmund Freud
714. La Montée des incertitudes, *par Robert Castel*
715. L'Art d'être heureux, *par Arthur Schopenhauer*
716. Une histoire de l'anthropologie, *par Robert Deliège*
717. L'Interprétation du rêve, *par Sigmund Freud*
718. D'un retournement l'autre, *par Frédéric Lordon*
719. Lost in management, *par François Dupuy*
720. 33 Newport Street, *par Richard Hoggart*
721. La Traversée des catastrophes, *par Pierre Zaoui*